虎影

王者风范

中国野生东北虎保护纪实故事

田犁 著

时代出版传媒股份有限公司
安徽少年儿童出版社

图书在版编目（CIP）数据

虎影. 王者风范 / 田犁著； 杜新月插图. — 合肥：安徽少年儿童出版社，2022.2（2024.1重印）
ISBN 978-7-5707-1329-5

Ⅰ. ①虎… Ⅱ. ①田… ②杜… Ⅲ. ①纪实文学－作品集－中国－当代 Ⅳ. ①I25

中国版本图书馆CIP数据核字（2021）第281202号

HUYING WANGZHE FENGFAN
虎影·王者风范 田 犁 著

出 版 人：李玲玲 策 划：唐 悦 责任编辑：唐 悦
责任校对：于 睿 责任印制：朱一之 插 画：杜新月
出版发行：安徽少年儿童出版社 E-mail:ahse1984@163.com
新浪官方微博：http://weibo.com/ahsecbs
（安徽省合肥市翡翠路1118号出版传媒广场 邮政编码：230071）
出版部电话：（0551）63533536（办公室） 63533533（传真）
（如发现印装质量问题，影响阅读，请与本社出版部联系调换）
印 制：阳谷毕升印务有限公司
开 本：889 mm × 1194 mm 1/32 印张：4.5 插页：4 字数：75千字
版 次：2022年2月第1版 2024年1月第3次印刷

ISBN 978-7-5707-1329-5 定价：29.80元

长白山支脉老爷岭山中，作者背靠百余年的老橡树。橡树果是野猪的主要食物，野猪又是东北虎的口粮

东北虎巡护员跋涉于深山老林，有时会有意外的惊喜。这是梁奉恩今年采到的四品叶野山参，传说这种参能变成人参娃娃

东北虎豹国家公园里行走的东北虎

（谷宝臣／摄）

东北虎豹国家公园里的东北豹

（谷宝臣／摄）

东北人称黑熊为“熊瞎子”，因为黑熊视力不太好，它眼睛上部的长毛总是挡住视线，所以看东西时常常会撩起长毛（谷宝臣／摄）

红外线相机拍摄的梅花鹿

（珲春东北虎国家级自然保护区管理局供图）

东北的大森林中常看到蘑菇成片地生长

作者采访年逾七旬的老猎人刘德成。身边绑红布的大树下，石块垒起的便是老猎人供奉山神爷的小庙

出版前言

在本书出版前夕，二〇二一年十月，联合国《生物多样性公约》第十五次缔约方大会在云南省昆明市召开，《中国的生物多样性保护》白皮书（以下简称“白皮书”）也同时发表。这本白皮书指出，“生物多样性”是生物（动物、植物、微生物）与环境形成的生态复合体以及与此相关的各种生态过程的总和。生物多样性关系人类福祉，是人类赖以生存和发展的重要基础。人类必须尊重自然、顺应自然、保护自然，加大生物多样性保护力度，才能促进人与自然和谐共生。

面对生物多样性丧失的全球性挑战，任何一个国家都不能独善其身。中国在国际上积极参与生态保护建设，又将生物多样性保护上升为国家战略。中国始终坚持在发展中保护、在保护中发展，提出并实施了国家公园体制建设等重要举措，东北虎豹国家公园便是有中国特色的生物多样性保护的范例。

少年儿童是祖国的未来。怎样把生物多样性保护的理念传递给孩子，让他们关注并积极参与生态保护呢？本书的作者田犁选择了为孩子们讲好中国生态保护故事这种方式。他将视线聚焦于东北虎物种保护这个点，用东北山里人富有生活气息的故事感染小读者，带领小读者走进神秘、壮丽的东北原始大森林，将东北虎与人们之间的故事一一呈现，描绘出东北虎的兴衰、民族精神与文化传承、生态发展和生态保护意识转变等多内涵交织的壮丽画卷。

作者在这套书中不仅批判了极少数利欲熏心、贪赃枉法的山民的丑陋行径，也讴歌了在政府实施对东北虎保护政策之后，东北山里人与虎之间发生的惊险而有趣的故事。林区的广大群众积极响应国家号召，踊跃保护东北虎及其赖以为生的森林环境，这种环保意识和奉献精神值得我们赞颂和弘扬。书中设置的科普栏目“森林志”，使小读者能全面了解有关东北虎的知识。读罢故事，我们或许能感悟，原来凶猛如斯的东北虎并非是见人就食的“恶魔”，那些动物世界里的“猛兽”，只要人类不主动干扰其正常生活，它们完全可以和人类和谐相处，共享千姿百态的美丽大自然。

绿水青山就是金山银山。中共十八大以来，在习近平生态文明思想引领下，中国坚持生态优先、绿色发展，生态环境保护法律体系日臻完善，监管机制不断加强，基础建设能力大幅提升，生物多样性治理新格局基本形成，生物多样性保护翻开了崭新的一页。我们将始终做万物和谐的维护者、美丽家园的建设者和贡献者。愿人们携手并进、共同努力，为推动构建地球生命共同体，为实现人与自然和谐共生的美好愿景而不懈努力，共同建设更加美好的世界。

二〇二一年十月

目 录

MULU

第一章

猛虎图腾

“爷爷，我知道我们中华民族的图腾是龙。”

“是的，孩子。龙是虚拟的，但虎是真实生活在山林中的。在祖国的东北山区，那里的人们就把跟自己一起生活在大山里的东北虎，作为他们的图腾；而且有许多少数民族，一直把虎奉为山神。”

“爷爷，我喜欢东北虎，它好威武啊！”

“是啊，东北的山里人，不是无缘无故就把老虎奉为山神的。这里有许多神奇的传说和动人的故事。”

“爷爷，快讲给我听呀。”

老虎报恩

给虎拔刺

深秋的风好大，如一只发狂的野兽，它挥舞着你看不见的爪子，不厌其烦地敲打着窗户。天气一天比一天冷起来，特别是到了夜里，寒气袭人。

每天傍晚临睡觉前，老婆婆都要抱回一大堆木柈子[①]，把灶坑的火烧得旺旺的。这样躺在热炕头上，才能睡个好觉。

也不知睡到了啥时辰，老婆婆被一阵响亮的抓挠声吵醒了。老婆婆睁眼一看：是谁在外面扑打窗户，劲儿大得连屋子都跟着摇晃，好像生气的醉汉要把

---

①木柈子：将取暖用的树木截成一段段、一条条的，俗称木柈子。

屋子推倒。

正在惊恐之际，窗户“啪”的一下被推开了。借着照进来的月光，老婆婆看见一只毛茸茸的大脑袋伸了进来。天哪，老婆婆差点儿吓得晕了过去，这是一只老虎的脑袋。

老婆婆站在地上，愣愣地瞅着，一时不知如何是好。只见那只老虎趴在窗台上，把脑袋伸进屋里，张着血盆大口。

“你这是要吃掉我这把老骨头吗？”老婆婆哆嗦着。

老虎既没有离开，也没有去咬老婆婆。它仍旧张着嘴，呜咽着。老婆婆闭着眼睛，等了半天，却不见老虎吃她。她这才睁开眼，去看这只奇怪的老虎：它干吗只张着大嘴，痛苦地哀号着？

老婆婆壮着胆子朝老虎嘴里一看：原来，它的嘴里扎着一根木刺。这木刺让它合不上嘴，鲜血直流。

哦，可怜的老虎。老婆婆心里一阵颤抖，她明白了：你这是来找我帮你拔刺呀！

老婆婆胆子一下子大起来，她仔细瞅瞅老虎嘴里的木刺，把手伸进虎嘴里去拔那根刺。老婆婆试着用劲拔了拔，没有拔下来，刺扎得好深哟。

老虎明白老婆婆是在帮它拔刺，也不再呜咽，耐心等待着。

老婆婆又看了看木刺扎入的位置，她先摸摸老虎的头，像哄孩子一样絮叨着：“别动，我又要开始拔了，一定很疼的，你可要忍着点，拔出来就好了。”

老虎好像听懂了老婆婆的话，眨了眨眼睛。

老婆婆挽起袖子，手在老虎嘴里一用劲，木刺真的拔下来了！木刺上沾满了血，老婆婆拿来一块干净的布，把老虎嘴里的血擦净。

老虎这才合上嘴，冲老婆婆点了点头，把头缩回去。

老婆婆借着窗外的月光，看见老虎纵身一跃，离开了她的家。

老虎的礼物

老虎走了，老婆婆关好窗户，重新躺下来。

天微亮，窗户纸已经开始发白。要是往常，老婆婆已经起来烧火做饭了。人老了，总是起得早，天一亮就醒的。

可是今天，老婆婆半夜里帮老虎拔刺，折腾了好半天，又累又乏。她有点懒，想在热炕上再躺一会儿。

好不容易睡上个回笼觉，刚迷迷糊糊地睡着，就听窗外“咕咚——”一声，谁把什么东西扔在了地上。

这是谁呀，一大早在窗外鼓捣啥？老婆婆思忖着。就这一声，外面再也没了动静。老婆婆想继续睡，可是觉早给搅没了。

老婆婆爬起来，穿上衣服，推开门去看外面到底是咋回事。

老婆婆看见了什么？哇，窗下的地上竟躺着一头死狍子。走近前细看，从狍子脖子上的伤可以看出，这是刚被咬死的。

这是咋回事？是谁把咬死的狍子送到我这儿的？

老婆婆站在那儿想了想，突然明白了：这一定是昨天晚上让我帮着拔刺的老虎，咬死了狍子送来的。它这是在感谢我，报恩哪！

误伤老虎

老婆婆住的这个小山村，最近人心惶惶。

前天夜里，这家的猪被咬死两头；昨天晚上，那家的羊又被咬死了好几只。因为还没有下雪，地上没有留下足迹，无法辨明是山上什么动物跑来造的孽。

一大早，大家凑到一起，七嘴八舌地议论着。有人说是狼，有人说是熊，也有人说是虎，还有人说是豹或是猞猁。当然，这肯定是山上凶猛的食肉动物所为。

猎人们一个个把自己的枪擦拭好，准备夜里守候在村口，对付这凶残的家伙。

当天夜里，老虎又来给老婆婆送礼物了。这次，它送的是一头野猪。

进村的时候，一切还很正常，老虎把野猪放在老婆婆的窗下。可是，当它离开老婆婆家，正要走出村子时，却被埋伏在这里的一个猎人发现了。

猎人以为这正是咬死那些猪和羊的“凶手”，便朝着老虎开了枪。

也许是那个猎人过于紧张，也许是他的枪法本来就不准，这一枪打在了老虎的屁股上。

老虎受了伤，并不致命，它慌忙逃回山里。

为虎疗伤

早上起来，老婆婆把老虎送来的野猪拽进屋里。

她先没忙着收拾野猪。昨晚她躺在炕上，听到村子里响起清脆的枪声。虽然她知道，村子里的猎人守候来犯的野兽很正常，但她心里总是有些忐忑。

老婆婆走出家门，只见村子里的人们围成一圈，正在议论着什么。走到近前一打听，原来大家说的是，昨晚山上下来偷袭家畜的野兽被打着了。

“是只老虎呀，它正在村子里转悠，还没等它找寻到目标，就被我发现了。”一个猎人正眉飞色舞地讲着。

“老虎！”老婆婆一听，心里“咯噔”一下。

“我瞄准它就开枪了——”那个猎人叹了口气，“可惜夜里视线不好，虽然没打中它的要害，但它肯定受伤了。你们瞧地上的血迹。有谁敢跟我一起进山，肯定能找到它……”他说完瞅瞅周围的人，大家都没有响应。

“昨天晚上，不会有别的老虎下山偷袭家畜，一定是那只给我送野猪的老虎。”老婆婆心里这样想着，就急了，她冲着那个猎人喊：“你搞错了呀！来偷猪吃羊的怎么会是老虎哪！”

“什么？不是老虎是谁？我昨晚亲眼看见的，它还挨了我一枪哪！”那个猎人气呼呼地冲着老婆婆嚷着。

“那是只好老虎！”老婆婆脸涨得通红，跟那个猎人争辩道。

“它是一只吃村子里的猪和羊的猛兽！大婶子，您这是老糊涂了？怎么向着山里的野兽说话？”那个猎人对着老婆婆瞪大了双眼，其他人也用怪异的表情看着老婆婆。

“我不跟你们犟，你们到我家里看看就知道了。”老婆婆嘟哝着。

“到你家？到你家看啥？”大家都觉得奇怪。

“你们去看看就清楚了。”老婆婆固执地去拽那个猎人。

“好吧，好吧，反正现在也没事儿，我倒要看看你家里有啥，能跟这下山偷袭的老虎有关系？”

那猎人还有村子里的一帮人，跟着老婆婆来到她家里。进屋一看地上的野猪，大家更是弄不明白了：这是哪来的野猪呀？

大家把目光投向老婆婆，期待她做出解释。老婆婆就把老虎来找她拔刺，然后报恩送狍子、野猪的事说了。大家这才知道错怪了老虎。

那个猎人更是后悔自己伤了老虎。他甚至担心，老虎会报复自己。

还是老婆婆安慰了他："你放心，这是只知恩图报的好老虎。你要想赎罪，就跟我一起，带着治疗枪伤的药，上山去找老虎，早点把它的伤治好。"

要是猎人自己单独行动，打死他也不敢上山。但有老婆婆在，猎人勉强鼓起了勇气。他们沿着地上留下的血迹，很快就找到了那只老虎。

老虎立刻认出了猎人。它瞪圆双目，咆哮起来。

老婆婆赶紧轻轻呼唤着它，跟它说着话："别怕，他误会了你，现在是来给你治伤的。有我在，你不要怕——"

在老婆婆轻柔的话语中，老虎好像听懂了什么，它不再发怒，乖乖地趴在那儿，让猎人走上前，给它受伤的屁股涂上了药。

老虎驱狼

村子里的猎人们依旧在守候。他们终于发现来偷袭猪和羊的，原来是狼。这是一群狼，好像有几十只。

这天晚上，村子四周的荒野里，四处闪动着如鬼火一样绿莹莹的眼睛，数十只恶狼下山了。蹲在村子里看护家畜的几个猎人，顿时紧张起来。

天哪，这么多狼，就我们几个人，几条老洋炮，能打跑这些狼吗？

狼似乎已经了解村子里只有几位猎人的情形，它们完全不把猎人放在眼里，分别从村子两头发起了攻击。

几个猎人只能心惊胆战地分开，去狙击两面夹击的恶狼。

猎人的子弹很快就打光了。虽然打死、打伤了几只狼，但更多的狼狂暴地扑上来。猎人们只好眼睁睁地看着狼蹿进猪圈和羊圈，啃咬猪和羊。

猪和羊惊恐地叫着，惊醒了村子里的人们。人们纷纷跑出来，拿起锹镐，冲向正在啃咬猪羊的狼群。

可怕的是，这些狼竟放下猪羊，向人扑过来。它们个个凶残狡猾，人们挥舞着锹镐，却打不到它们，反而被它们扑上来咬伤。

见不是狼的对手，人们一个个仓皇逃进家中，关起门窗来，任由狼去啃咬自家的猪和羊。就在这时，村口亮起一双探照灯般的眼睛，如两把利剑直指村中正在肆虐的狼群。

老虎来了！

狼群发出一片惊恐的嗥叫，狼的噩梦开始了……

尊为山神

躲在屋里的人们，眼看着老虎把一大群正在袭击猪和羊的恶狼赶跑了。从这天起，这只老虎每晚都会守候在村头的山边。有一只猛虎守护，狼群哪里还敢来。

老虎回到山上，寻找狼群，硬是把狼从这附近的山上赶跑了。村子从此太平下来。人们多么感激这只老虎呀。

村民们杀了猪，到山上来祭拜老虎。从此，这里的人把老虎视作山神。因为老虎这位山神爷保护了他们，给全村人带来了安宁。

东北地区的虎文化

把虎当成神来祭祀的习俗由来已久。《汉书》中记载了在满洲当地，居民把虎当成神来祭祀的习俗。《魏书》也记载勿吉人（中国古代东北地区的民族）有头上插虎豹尾巴的习俗。

到了清代，满族人把虎当成山神爷来祭祀的民俗更为隆重和普遍。满族人在仲冬时打大围（也称合围），把冬至这天当成狩猎节。一到冬至，他们便会祭祀山神爷（老虎）。这一日，杀猪宰羊，以家庭或同族为单位，人们大摆筵席，载歌载舞，直至深夜才罢休。

传说农历三月十六日为山神爷的生日，所以民间把这一天定为山神节。凡满族群众聚集的村落，村头都有山神庙，庙中还有老虎的画像。每到山神节这天，男人们便到山神庙去上供、祭酒，挂上红布条儿，以求山神爷的保佑。

虎帮老罕王

上山采参

相传清太祖老罕王努尔哈赤小时候，家里极为贫困。父亲出征死在战场，他只能跟母亲相依为命。在他十六七岁时，这一年的八月，村子里的一伙人上山挖参。母亲去央求这伙挖参的把头[1]，能不能把小努尔哈赤带着，如果能挖着几棵人参，回来换点钱，娘儿俩也好度日。

老把头本来不愿带个孩子，可是他也觉得这娘儿俩挺可怜的，就勉强同意了。

上山挖参的规矩很多，尤其不能乱说话。见到

---

①把头：进山寻参、挖参、出货的挖参团队的领头人。

山耗子，得叫“小媳妇”；见到蛇，要说“钱串子”。小努尔哈赤听话又懂事，一直很小心地跟着老把头学采参。

可是进山一晃半个多月过去了，老把头领着这一伙七个人，愣是没开眼[1]，连个参毛都没见。

山上有个规矩，没开眼，就不能洗脸。大家一天到晚穿山钻林子，出了一身的臭汗，还不断有蜘蛛网粘在脸上，又不能洗，一个个弄得脏兮兮的，像个小鬼不说，脸上难受着哪。

白天找参，不能乱说话；到了晚上，住在临时搭的窝棚里，有人就忍不住发起牢骚来，埋怨着不该带努尔哈赤这个孩子来——一定是他不懂规矩，啥时不注意得罪了山神爷，才惩罚大家不开眼的。

每每有人这样叨叨，老把头都会立马呵斥他，让他闭嘴。

得罪老虎

这天，大家在山上搜寻了一天，依旧是一无所获。

晚上回到窝棚里，随便吃了点饭，大伙儿一个

---

①没开眼：挖参人的行话，指没找到第一棵人参。

个唉声叹气地躺下来。几个人刚睡着，就被一阵巨大的风声弄醒了，窝棚被震得直晃，眼看要散架了一般。

“不好，有虎——”有人在窝棚里往外探头一看，惊慌地叫起来。

“嗨——”老把头低声呵斥：“山神爷来了，快，给山神爷磕头——”

几个人赶忙爬起来，跟在老把头身后，跪在窝棚前。可是，尽管大家一个劲儿磕头，那老虎在窝棚前走来走去，就是不肯离开。

老把头见状，知道一定是自己带的人中，有谁得罪了山神爷。

按照山里的习俗，每人依次把自己的帽子扔到老虎面前，老虎如果叼起谁的帽子，谁就得跟着老虎走。

老把头最先扔，然后按搜索人参时的排序，一棍、二棍、三棍、四棍、五棍、六棍[1]的扔。老虎对这些帽子瞅也不瞅，闻也不闻。直到最后，小努尔哈赤

---

①一棍……六棍：指挖参团队的队员以老把头为首，其他成员按照资历依次排序，称为棍。

扔出了自己的帽子，老虎叼起来就走。

大伙儿都瞅着小努尔哈赤。

怎么会是我得罪了老虎山神爷哪？小努尔哈赤顿时像掉进了冰窟窿里，浑身发抖。

老把头上前一把抱住了小努尔哈赤：“孩子，我没想到会是你。可是山神爷之命不可违。只是下山我怎么跟你妈交代啊，她把你交给了我——”

小努尔哈赤这会儿也顾不了别的，只喃喃地说一句：“大爷，你们若挖了参下山，别忘把俺那份给俺妈——”还没说完，他已泣不成声。

老虎献参

小努尔哈赤跟在老虎后面，悄悄地走着。

苍白的月光梳理着树叶和树枝，林中只有老虎和小努尔哈赤踩着落叶，发出“哗啦啦”的脚步声。

老虎和小努尔哈赤一前一后，就这样走下去，竟一直走到了天亮。

已经翻过多少座山，过了多少条河，小努尔哈赤不记得了。

小努尔哈赤走不动了，在后面暗暗地说：“山神爷呀，你要吃就赶紧吃了我吧，别再走下去了，我累得都快挪不动步啦……”

老虎既不回头理小努尔哈赤，也没有停下来，继续迈着稳健的步子。

清晨的阳光透过树梢照进林子。树木跟人一样，睡了一夜后精神抖擞。枫树叶子更鲜红，橡树的叶子是深红的，桦树杨树的叶子是金黄的。它们好像特意把自己打扮得花枝招展，来迎接秋天清晨的朝阳。

小努尔哈赤此刻的心情啊，没有因为清晨清新美丽的景色而有丝毫波动。他亦步亦趋地跟着前面不远处的老虎走着。

面前出现一道险峻的石砬子，石砬子前是一片平坦的林地。

老虎在石砬子前停了下，它把小努尔哈赤的帽子放在一棵大橡树下，然后趴下来。

它也许是累了，歇一会儿就该吃我了吧。小努尔哈赤想，吃吧，早晚是个死，走了这一夜，可累坏我了，我也先歇会儿再说。

小努尔哈赤一屁股坐在树下松软的落叶上。他太累了，靠着树干，竟睡着了。

当他睁眼醒来，太阳已经升到树梢了，是温暖刺眼的阳光把他晃醒的。

小努尔哈赤揉揉眼睛，愣了一会儿，这才想起昨晚的事：自己是被老虎选中，跟着它来让它吃的，可这会儿咋还没事哪？

他再朝前一看，石砬子下，林地空空的，只有树下的野花野草在轻轻摇曳，自己的帽子就躺在草棵子上。

老虎呢？它上哪儿去了？

小努尔哈赤仿佛是在做梦，呆呆地站在那儿愣怔了半天，他这才想起去拿自己的帽子。还没走到帽子前，远远地，他就看见那里一片鲜红的东西，星星般耀眼。

天哪，是人参籽！红艳艳的人参籽，正在人参叶旁晃动着！

小努尔哈赤按老把头教的方法一数，是一株七品叶的大人参。他高兴地一转身，呀，脚旁还有一株人参；再仔细一看，哇，这里竟有好多人参哟！

小努尔哈赤明白了：是老虎山神爷特意把他带到这片参地来的。

奉为山神

小努尔哈赤不是贪财之人，他没有独自把这些人参挖出来带走。他顾不上累和饿，连跑带颠地回到了老把头住的窝棚，领着大伙儿来，挖了这片人参。

有了钱的小努尔哈赤，没有忘记乡亲。他帮助邻里，救济贫困之人。后来，他当了罕王，得了天下。

努尔哈赤没有忘记当年老虎山神爷帮助自己的恩德，他让人在山里修建起山神庙，每年都要举行仪式，祭拜山神爷。

老虎赶野猪

野猪进地

野猪的鼻子那是真好使，地里的苞米棒刚灌浆，它们就闻着味儿，下山了。

柱子家的那片宽阔的苞米地就紧挨着山边。柱子爹有些不放心，今天特意去看看。果然，青苞米被野猪拱倒了一大片，咬碎的青苞米棒、踩烂的苞米秸，满地都是，简直看不下眼哟。

柱子爹回到家里，气得直跺脚。柱子妈知道他在外面干活累，炒了香喷喷的几个菜。柱子爹呷了几口，就把筷子往桌子上一扔，吃不下去了。

“你快点把作业写完，今晚跟我去看地，赶野猪！”

柱子听说今晚要跟爹去看地、赶野猪，心里有点激动，早早就把作业写好了。

黄昏的余光在村头晃动着，柱子和爹带上工具：两个破旧脸盆、敲击用的木棒。爹还带上镰刀，他要割草，在地头搭个窝棚，要住在那儿。他让柱子带上手电筒，晚上柱子自己回来。

一轮大月亮早早地升了起来，它圆圆的脸儿从树梢上露出来，冲着柱子笑哪。

柱子的心情跟流淌到地上的月光一样的好。月光下，爹瞅了瞅他，他就赶紧低下头，怕被爹看出来。

他帮着爹抱起一捆蒿草，往刚支起的马架子上铺。简易的窝棚搭好了。

旷野里的夜跟村子里的夜是不一样的，旷野上真的静极了。这里因为不是人们住的地方，就没有了人的刺耳的吵闹声。四下里，到处是虫儿在叫、在唱。

柱子听得出唱的最卖力的是蛐蛐。家里的墙根下和后园子中也常有蛐蛐叫。但它们叫得很孤单。有时，柱子甚至能听出，它们一声声地叫，是在找伴儿。

野地里才是这些虫儿的家。柱子正沉浸在虫儿的大合唱中，突然，爹的一声喊吓了他一跳：“野猪来了，进地啦，快敲脸盆子——”

柱子一愣，果然就听东边地里，传来一阵“哗啦啦”的声响。

“咣、咣、咣——”“当、当、当——”爷儿俩把破脸盆敲得震天响。

一阵“轰隆隆——”“哗啦啦——”的响声后，苞米地重归静寂。

野猪终于吓跑了。柱子跟爹坐在窝棚里，继续等，继续听野地里那数不尽的虫鸣。柱子想，这些虫儿知道他来，是专为他唱的吧。

等了好久，不见野猪再来。野猪一定是吓怕了，不敢再来，柱子想，这样挺好的，可以静心地听虫儿歌唱。

爹要留下来继续看守，他让柱子打着手电筒回家。柱子真有点舍不得走，可是明天还得上学哪。

柱子觉得打着手电筒走夜路挺有意思的。虽然只有脚前显得亮，四下里更黑，但身边的黑夜好像在抱着你走，用温柔的夜的手轻托着你。脚下的路看不太清，走得却比白天看到时还快了许多。只可惜苞米地离村落并不远，走上不长时间，眨着惺忪睡眼的村落，就已经快到了。

第二天，柱子依旧跟爹去苞米地。野猪又来了，爷儿俩照例一阵狂敲，野猪被吓跑了。

这次，野猪一定是没有跑远，不一会儿，它们又“哗啦哗啦”进地了。于是，柱子和爹又是一阵敲。

可是，这些野猪已经学精了，它们准是躲在地边的山里。等敲脸盆声一停，它们见没了动静，就又撒着欢儿钻进苞米地，大吃大嚼。折腾了一阵子，爹撵柱子回家，说别耽误他明天上学，他一个人继续对付这群野猪。

第三天，柱子爹没再让柱子去。他跟村子里的人学来一招儿，把录音机挂在地边，开大音量，让喇叭一个劲儿地唱。野猪听到声音不敢进地，人尽管待在窝棚里睡觉。

可是没想到，野猪还是比人精，柱子爹用喇叭驱赶这招儿，只使了几天，野猪就弄明白了。树上挂的喇叭，你唱你的，野猪照样大摇大摆地进地来吃青苞米大餐。

老虎赶野猪

自打进入秋季，为了驱赶野猪别来偷吃苞米，

柱子爹在家就没睡上几宿好觉。可是，苞米还是被野猪糟蹋了不少。

打松塔的时节到了，附近林场的人忙不过来，就请村子里的人去帮忙。

柱子爹是打松塔的好手。今天一上午，他就打了估计有两大袋子的松塔。

看着地上一大堆的松塔，柱子爹这一阵子让野猪闹得无比沉闷的心情，似乎让松树顶上凉爽的风吹得一干二净。

晌午了，他正要下树到地上吃带来的午饭，突然一阵落叶“哗啦啦”地响。是什么野兽来了？

他在树顶一望，嗬，黑乎乎一大群野猪正穿过树林，朝他这个方向的山坡奔来。

柱子爹恨死这些野猪了，刚才的好心情顿时全无。但他也没有办法，别说手里没枪，就是有枪，这么一大群野猪也是打不得的。那些大公猪亮起雪白的獠牙，可是能要你的命哟。

他只能老实地待在树上，眼瞅着这帮家伙边走边哼哼着，不停地拱起地上可吃的东西，嘴里“吧唧吧唧”地嚼着。

野猪群走远了，已经见不到影子。柱子爹喘了口气，准备从松树上下来。

突然，平地卷起一阵大风，柱子爹顿时汗毛直竖，头皮发麻。他的心怦怦地跳着，只见林中一只斑斓猛虎，正稳步走来。

也许是老虎没有发现树上的他，也许是老虎根本就不想理睬他。只见老虎一步一步地朝刚才野猪群消失的方向走去。

“老虎赶野猪——”柱子爹惊讶得瞪大了眼睛。

当天晚上，虽然打了一天的松塔很累，但柱子爹还得去自家苞米地里看苞米。然而，奇怪的是，这天夜里平安无事，连一只野猪也没有来。

早晨往家走的时候，柱子爹就觉得纳闷，自打苞米灌浆能吃了，山上的野猪就一天也没消停过。昨天是咋的，野猪放假了？

他突然一拍大腿：“是老虎山神爷把它们赶走了——”他连忙趴在地上，冲着山上磕头：“山神爷呀，感谢您，等我收了苞米，一定来祭拜您。”

“野猪倌”

在古代，人们就意识到老虎在自然界中发挥了重要的作用，特别是对控制野猪数量而言，老虎起了不小的作用。

野猪是性情凶猛的杂食动物，如果数量太多，不仅会到处糟蹋庄稼，还会伤人。长到了一定年份的野猪非常强悍，即便是有经验的老猎人，也不是它们的对手。山里人常有“一猪二熊三老虎”的说法，足见野猪之猛。

所以，野猪基本上被人们当成一种害兽，而正是由于老虎喜欢捕食野猪，才不至于让它们种群过盛而成灾，人和庄稼才免遭其害。

人们把老虎当作保护神，有些地方还称老虎为“野猪倌”，这一昵称中饱含了感激之情。在古代一些庆祝丰收的祭祀典礼上，人们的祭祀对象就包括老虎。

祭山、山神爷与老把头

年轻猎人与老猎人第一次进山打猎。他跟在老猎人后面，小心翼翼地走着。

进了山，走了一会儿，年轻猎人就有点沉不住气了。他追上前面的老猎人，欲言又止。老猎人立刻看出来，就问："怎么了，有什么事？"

年轻猎人有点迟疑地说："大叔，我听说进山打猎是要祭山的？"

老猎人瞅了瞅年轻猎人，说："孩子，你还真挺懂规矩。别着急，这才刚进林子，这儿树矮，还是浅山区，不是山神爷待的地方。等会儿我们到了老林子，就祭山。"

越往深处走，林子越密，树木越高大。仰头望去，天空被树枝分割成了一小块一小块的，像蓝色的蜡染布。

老猎人在一棵两三个人都抱不过来的老橡树前停下来。年轻猎人立刻明白，这是要祭山了。

老猎人拿出猎刀，在老橡树上刮掉一块树皮，刻出一个脸的轮廓，既有点像野兽，又有点像人。

站在一边儿一声也不敢吭的年轻人立刻猜出：这一定就是山神爷了。

老猎人从兜里掏出事先带来的瓜果，在树下摆好。他又折了三根树棍插在供品前，算作是香。

老猎人示意年轻猎人跟自己一起跪下。他虔诚地说："山神爷——"他瞅了瞅跪在旁边的年轻猎人。年轻猎人立刻会意，跟着说："山神爷——"

老猎人继续说："请您老人家保佑我们这次进山，打着又多又好的猎物。"

年轻猎人接着重复："请您老人家保佑我们这次进山，打着又多又好的猎物。"

"我们一定好好祭拜您老人家。"

"我们一定好好祭拜您老人家。"

二人磕了三个头，拜了三拜。

祭完了山神爷，老猎人在老橡树旁坐下来歇息一会儿，年轻猎人坐在他身边。

“大叔，”年轻猎人问老猎人，“我们祭拜的这个山神爷，到底是老虎还是关老爷，或是老把头呢？”

老猎人听了年轻猎人的话，狠狠瞪了他一眼：“祭山就要虔诚，不许问这问那的！”

年轻猎人吓得不敢吱声了。

沉默了一会儿，老猎人倒是自己开口了：“既然你想知道这山里的事，我就跟你絮叨絮叨吧。”

年轻猎人忍不住扭过头去，偷偷笑了，他怕老猎人看见了会生气。心想，问你你不说，不问你，自己倒憋不住了。

“只要是进山的人，不论是打猎的、挖参的，还是伐木的，都要祭山。这祭山，过去山里是有山神庙的，庙里供的多是关公关老爷的画像。

“但是咱们东北的少数民族，像鄂伦春族、鄂温克族、赫哲族、满族等，都是把老虎当作山神爷。鄂伦春族、鄂温克族称山神爷为‘白那查（恰）’，认为‘白那查’是专管狩猎的神灵，山里的一切野兽都是‘白那查’养的家畜。传说山神爷日夜在山林中行走，巡视它所掌管的山林。所以猎人进山，绝对不能大声喧哗，不然就会冒犯‘白那查’。鄂伦春人供‘白那查’时是用一块白布画一只老虎；咱们汉族慢慢受到少数民族的影响，也尊老虎为山神，称老虎为山神爷了。在山里，你走累了，想坐下来歇歇，那砍伐留下的大树墩，是绝对不能坐的。传说这是山神爷的饭桌子……”

老猎人说到这里，有点渴了，他拿出水来呷了一口，又滔滔不绝讲了起来：

“进山的挖参人，祭山祭奠的，都是老把头。说起老把头，还有一段故事哪。

“早年啊，山东莱阳有一个叫孙良的人，家乡遭遇大旱，便闯关东来挖参。

“这天，孙良与另外两个伙伴分头去挖参。孙良挖到了一棵五品叶的大人参，他高兴地回到在山里临时搭的窝棚。可是连等了三天，两个伙伴也不见回来。孙良着急了，他不能撇下兄弟自己下山，就又返身进山去寻找。

“找啊找啊，孙良带的干粮吃光了，就吃野果。他找了整整一个月，也不见两个兄弟的身影。这一天，他又累又饿，已经连续几天没吃东西了。他趴在一条小河边，喝了几口水，摸到一只蝲蛄（là gǔ）吃了。

“他趴在一块大石头上，咬破自己的手指，蘸着血写下绝笔：

家住莱阳本姓孙，漂洋过海来挖参。
谁知不幸失双友，不见兄弟不甘心。
三天只吃一蝲蛄，真是可怜又伤心。
日后有人来找我，顺着小河往上寻。

“孙良为找兄弟，就这样死在了山里的小河边。后来挖参人为了纪念他，都称他为老把头，还把他的生日——农历三月十六这天，作为老把头节。”

说到这里，老猎人站了起来，瞅着还沉浸在故事里的年轻猎人，说：“走吧，小伙子，山神爷保佑咱们，这趟进山准会有大收获。”

虎文化的趋同性

从“山神”的观念中可以看出山里人的习俗，特别是黑龙江地区，受狩猎民族影响较深，各民族的信仰和民俗趋同。生活在这里的人们，早已认同了山神爷的文化。

古时候打仗，虎头常被绘制在战士的盾牌上，用以威慑敌人；在民间，挖参人进山要祭拜山神爷，保佑能采到更多更好的人参；打猎人打到猎物后，也要祭拜山神爷，打猎得到的野猪，会割下猪头，挂在树杈上，供奉山神爷。

当代，连林区人第一天进山采伐（俗称“开山”或“铺锯”），都会带着供品或活猪到山里祭祀。祭祀小庙是用枝条搭成的，人们在小木牌上写上“供奉山神爷之位”的字样。祭祀时，人们祈祷山神爷保佑；祭祀后，工人们回到工棚，有说有笑，开怀畅饮，像过节一样。举行完仪式，到了第二天人们才开工，正式上山采伐。

老虎被视作是力量和权威的象征，为人们所敬畏。从山里人的生产、生活中不难看出，人们对老虎的崇拜衍生出许多文化现象来，深入人心。

第二章

王者风范

“爷爷，我知道老虎是山林之王。我在动物园见过老虎！”

“孩子，动物园的老虎是人工饲养的，更像一只温顺的大猫。如果见到真正的野生虎，那才让你震撼哪！”

“爷爷，野生虎我只在电视上见过。真的是王者风范！”

“孩子，电视上播出的纪录片，更多的是国外的孟加拉虎、南中国的华南虎。我们的东北虎，可是虎种中体形最大、最勇猛的。”

“爷爷，我听说东北虎正濒临灭绝呢！”

“是的，孩子。你一定为地球上曾经的霸主——恐龙的灭绝而感到惋惜。二十世纪三十年代，生活在巴厘岛上的巴厘虎灭绝了，随后，爪哇虎和里海虎也相继灭绝，那么，对于东北虎正濒临灭绝，你怎么看？”

“爷爷，我们一定要想办法保护它呀。”

“是啊，我们不能等失去了以后，才幡然醒悟。也许你还没好好认识和欣赏一下东北虎，来，爷爷讲几个故事给你听！”

虎啸山林

采薇　采薇

东北老爷岭的五月，绿意已经像河水一般泛滥，它蓬勃，像一个花枝招展的新娘。生活在老爷岭里的人们，都兴奋起来，这可是采集薇菜[1]的好季节哟。

人们虽然刚种完地，每日里起早贪黑，还没有歇过乏，但是山上诱人的薇菜，却已经伸出恳切的“小手”，像是在召唤你哪。每采一把紫色或是绿色的

---

①薇菜：广泛分布在吉林、黑龙江及四川、安徽、云南等地的一种野菜，营养价值较高。在诗经《小雅·采薇》中曾有记载。

薇菜，就像是握到了一把钞票一样。

二〇〇二年的五月十九日这天，正赶上一个晴好的星期天。春化镇兰家趟子村的村民孙忠浩趁着天刚蒙蒙亮，就起了床，来到小屋，招呼还在睡觉的儿子铁柱。

铁柱睡得跟小猪似的，他翻了一个身，嘴里不高兴地嘟哝着："爸，今天不上学，你干吗不让人家好好睡？"

"快起来，跟我一块儿上山去采薇菜！"孙忠浩说着，轻轻拍了儿子一下。

儿子不情愿地爬起来，稀里糊涂地穿上衣服，伸手接过爸爸递过来的苕条[①]筐。

村子里静悄悄的，一栋栋房子好像跟它里面住的主人一样，还没睡醒哪。四周只有孙忠浩和儿子快步走出村子的脚步声。

到了外面，凉凉的晨风一吹，铁柱就精神了。

"爸，咱们干吗走这么早？"

"傻小子，等到了山上，就大天亮了哟！"孙忠浩又压低了声音，生怕被谁听见似的，"咱们赶

---

①苕条：生长于东北浅山区及丘陵地带的一种落叶灌木，是编织篮子、筐及建筑草屋时的材料。

早去西沟的四方顶子山，那里的薇菜可厚了，要是去晚了，可都让别人采啦——”

“爸，我帮你采薇菜，今年卖了钱，可以给我买只足球了吧？”在微微的晨曦中，铁柱盯着爸爸的脸色。

“你就加劲儿采吧，小伙子——”孙忠浩心情很好，他亲昵地摸着儿子的小脑袋瓜，“等卖完了薇菜，爸给你买个品牌的！”

遇　险

西沟的四方顶子山到了。远处山顶那高高耸起的巨人般的石砬子，在天幕下流动的晨光中眺望着他们，好似期待采薇人已经很久了。

这一带的沟谷平缓开阔、低洼湿润，在稀疏的核桃楸树和水冬瓜树[1]下，紫水晶、绿水晶一样的薇菜，一丛丛、一片片，争先恐后地伸着“小拳头”。

尽管这一路上，清晨的露水把裤脚打湿了，腿

---

①核桃楸树和水冬瓜树：东北山区两种落叶乔木。核桃楸树是东北三大名贵树种之一，晚秋满树核桃成熟，自行脱落，会引来野猪等动物大快朵颐；水冬瓜树属桦木科，树皮灰色，平滑，树质偏脆。

上凉凉的，但孙忠浩和儿子都顾不上这些，赶紧采摘满地水灵灵的薇菜。

工夫不长，孙忠浩就采满了一筐，他倒进袋子里，开始采第二筐。过了一会儿，他直直腰，瞅瞅离自己不远的儿子，只见他那儿也采满了一筐，正往袋子里倒哪。孙忠浩美滋滋地想，今天算是来着了，用不到晌午，爷儿俩带来的两个大袋子就能采满了。

突然，响起一声震天的巨吼。孙忠浩顿时感到头皮发麻，浑身汗毛直立。那吼叫声在整个森林回荡，大地仿佛在震颤，树叶在簌簌作响。孙忠浩觉得似有一股寒风吹来，五脏六腑好像都被掏空了。

他一时傻愣在那里，筐掉在地上，采的薇菜也撒在了草棵里。

孙忠浩终于缓过神来，凭他多年生活在山里的经验，他判断出这是虎啸。天哪，这山里有老虎呀！孙忠浩“唰”地出了一身冷汗。

“儿子？”他提心吊胆地朝刚才铁柱采薇菜的方向望去。还好，儿子跟自己一样，也在那儿傻愣着。

孙忠浩不敢发出声来招呼儿子，他怕声音会惊动老虎。他轻轻背上袋子，撒在地上的薇菜也顾不上捡了，大气不敢喘，蹑手蹑脚地移动步伐，尽量不让脚下的落叶发出声音。

他朝儿子摆摆手，示意别弄出动静。铁柱刚才吓得差点晕了过去。山里长大的他，已经习惯了野兽的叫声。他听过狼叫、狐狸叫、狍子叫，就是没听过老虎叫。今天第一次听这老虎吼叫，他惊出一身的鸡皮疙瘩，实在是太瘆人啦！

铁柱也知道这时不能惊动了老虎。跟爸爸一样，他背着袋子，没忘记拎着筐，高抬脚，轻落地，朝爸爸那边靠拢。

挪步到爸爸跟前，爸爸一下把他搂过来。孙忠浩抱着儿子小声嘀咕："别怕，儿子，老虎只要你不惹着它，它是不会来伤人的。别看它声音大，离我们肯定远着哪。"

"爸爸，我们还采吗？"儿子仰起头问孙忠浩。

"不采了，回家吧。这儿太危险，一旦惊动了老虎，那就糟啦。"

"可是我的足球——"儿子有点不甘心。

孙忠浩生气地掐了儿子一下："我们到别处去采，少不了你的足球！你先走，尽量别弄出声来。"

父子俩一前一后，半退着走，每后退一步，都要停下来仔细听听动静。他们既怕弄出大的声音，又要小心树枝刮着腿。也不知走了多久，他们才走出这四方顶子山。

到了山脚，孙忠浩一颗悬着的心才放松下来。他招呼儿子坐下来歇一会儿，一摸身上，汗水早把上衣湿透了。

四方顶子虎啸

这时，只见有人朝这儿匆匆走来，到了近前一看，是本村的李福录。李福录虽然眼瞅着快七十的人了，可腰不驼、眼不花，走起路来“噔噔”的，上山下地还是像个年轻人。

“大叔——”孙忠浩站起来跟李福录打招呼。

“是大浩呀！你小子好勤快，这么早就采满袋子下山了？”李福录说着，一眼看见孙忠浩身旁放着半瘪袋子，有些奇怪：“怎么，袋子没采满就下山哪？难道四方顶子那大片的薇菜都被别人采光了？”

还没等孙忠浩回答，铁柱就抢着开口了：“爷爷，我们遇到老虎了，谁还敢采哪！”

李福录一愣，孙忠浩忙说：“大叔，不算遇到老虎，但我们听到虎啸啦！我的天，太吓人了，也不知那东北虎离我们多远，更不知它藏在哪儿。我和铁柱哪还敢再采！”

还是上了年纪的人见多识广。李福录不但一点儿没紧张，反而嘴一咧，轻轻一笑：“没事呀，大浩。几天前咱们村就有人来这里采薇菜，也听到了虎啸。这几个人跟你一样，没采多点儿，就吓得跑回来了。

“昨天我也是来这四方顶子采薇菜，碰上失魂落魄刚下山的老于家大发子和他弟弟，他哥儿俩跟我说了虎啸的事儿，还告诉我，他们来时，咱村的有来过的人，就劝他哥儿俩可别到四方顶子来了，那里有老虎，吼声可瘆人啦。他哥儿俩不信，说人家是怕他们把薇菜采没了，自己采不着。可是到了四方顶子，还没采上几把薇菜，一声虎啸，就把他哥儿俩吓瘫在地上。

“我就跟他哥儿俩说，只是听一声虎啸，那东北虎离你们肯定还远着哪。东北虎是保佑咱们老百姓的山神爷，你哥儿俩要冲着虎叫的地方拜一拜，说声：‘山神爷，打扰你了，我们是采薇菜的，请保佑我们发财吧。’

“他哥儿俩笑着说，大叔，您真会开玩笑。要去，您去吧，老虎山神爷肯定只会保佑您老人家。

“我说，你以为我不敢去呀，等我采了满满一袋子薇菜回来，你们就该后悔了。”

听到这儿，孙忠浩打断李福录的话：“大叔，昨天您真的到四方顶子了？”

“当然去了，而且我采了满满一大袋子薇菜。”

“那您没听到虎啸？”孙忠浩瞪大了眼睛。

“听到了，第一次听到，我也吓得老半天没喘上来气，整个人像丢了魂儿似的。可是我没跑，说实话，我真舍不得那里大片大片密密麻麻的薇菜呀。再说，我知道东北虎不会主动伤人的。我就硬着头皮继续采下去，边采边念叨：‘山神爷啊山神爷，别生气呀，我不是特意来打扰您的，我只是来采点薇菜，换点零花钱呀，一采满袋子我就走。’结果你猜咋的？”

“咋啦——”孙忠浩眼珠子都快瞪出来了。儿子铁柱在旁边听着，小眼睛也睁得溜圆，大气也不敢出。

“就在我采满了袋子，背好转身刚要走时，突然，那东北虎又是一声长啸，头上的树叶被震得哗哗响，脚下的大山在抖动。我虽然有些心理准备，但也吓得坐在了地上。

“这次我可是真听清楚了，虎啸声来自四方顶子的石砬子，那里有个石洞。我就琢磨，按理说，东北虎不会总停留在一个地方。你今天在这个山沟听到它的叫声，明天它已经转移到另外一座山上去了。这只东北虎一连好几天在四方顶子的石砬子吼叫，八成是它在那里生小老虎了——”

“如果是生了小老虎，它是不是就会长期住下来？”孙忠浩问。

“起码也要住上一段时间吧，等小老虎行走方便了，它们才会离开。”

“爸，我喜欢小老虎——”这时，旁边听着的铁柱插嘴说。

还没等孙忠浩呵斥儿子，李福录就笑眯眯地瞅着铁柱说：“宝贝，野生小老虎可不是好玩的，你连靠近一点儿都不可能，它的虎妈妈会对你不客气的。”他扭头冲孙忠浩说，“我要去四方顶子采薇菜了。你们爷儿俩袋子还没采满，还去不去？”

“可是，石砬子的石洞里那只东北虎——”孙忠浩有些迟疑。

铁柱轻轻拽拽爸爸的衣袖：“去吧，爸爸，爷爷敢去，我们咋不敢去？”

“走吧——”李福录已经迈步走进树林，边走边说：“我们只要离那石砬子远点，别弄出大声来就行。”

王者的威严

接下来的半个多月的时间里，也是薇菜采集的黄金时节。四方顶子一带的薇菜，可是一点儿也没糟践，兰家趟子村的人们照例来这里采薇菜，只是他们都离石砬子远远的；踩到落叶上，脚会轻轻的。他们都听到了让人震撼、振聋发聩的虎啸，在草甸子边的湿泥地上，还隐约看到虎爪留下的梅花状的足迹。

五月三十日，闻讯赶来的珲春自然保护区管理局的高祥同志，在兰家趟子村村民的引领下，来到四方顶子山下。大家指着山顶的石砬子给高祥看，高祥根据自己多年的经验，判断这里的确住着正在养育小虎的母虎。

恰在这时，隐约又传来山顶的虎啸。高祥和一起来的村民都齐刷刷地默然肃立。大家面向远方的四方顶子石砬子，企盼东北虎母子平安无恙。

不久，珲春林业局一直关注、研究东北虎的宣传教育科的李志兴同志，也来到兰家趟子村，了解关于村民听到虎啸的情况。村民立刻把李志兴围了起来，兴致勃勃地跟他介绍他们听到虎啸的情景。

有人说，这山林的虎啸跟动物园里的虎啸，简直是天壤之别。动物园里听到的虎啸，只会让你感到有些兴奋；而在山里听到虎啸，任何人都会汗毛倒竖，头皮发麻，情不自禁地停下脚步。

有人说，东北虎啸声出奇的大，好像整个山都在吼，回音特别长，四周的山都随着回音震颤。那声音充分显示出王者的威严和无可匹敌的百兽之王的力量。

有人说，东北虎啸声极具穿透力，你会感到整个山林都有回音，你的五脏六腑也在颤动，你根本无法判断那声音是从哪个方向响起的。

那些没有听到虎啸的、在旁边看热闹的人，无不对听到虎啸的人投以羡慕的眼光。

…………

李志兴离开兰家趟子村时，遥望远方四方顶子高高的石砬子，对东北虎的热爱之情油然而生。

是啊，曾经沉寂的东北大山，因为没有了山神，似乎缺少了许多生气。

没有虎啸的山林，还能算作山林吗？

东北虎小档案（一）

东北虎又称西伯利亚虎，是现存世界上最大的猫科动物，平均体重为二百五十千克，身长可达三米。东北虎是典型的中国虎，它曾经广泛生活在西自贝加尔湖，东至鞑靼海峡及库页岛，北起外兴安岭（历史上曾是中国领土），南达长城内外及朝鲜半岛的广阔区域，有着三百万年的进化史。东北虎与其他七个亚洲虎种比较，体形更大，更凶猛强悍，因此被称为“虎中之王”。

二十世纪初期，东北虎的分布还相当广泛，栖息于大小兴安岭、张广才岭、长白山、完达山、老爷岭、黑龙江流域以及南西伯利亚、朝鲜半岛等地。自一九六七年后，东北虎在大兴安岭再没有活动记录。进入二十世纪八十年代，东北虎在小兴安岭和朝鲜半岛绝迹；到了二十世纪九十年代，东北虎在长白山销声匿迹。一九八八年及一九九九年，国际野生生物保护学会联合中、美、俄三国专家考察表明，在黑龙江和吉林两省，东北虎仅有数只分布，繁殖迹象鲜见。

大王巡山（一）

珲春林业局的青龙台林场，因为这里的青龙台山而得名。为什么叫它青龙台？原来这里有一段长长的山脊，蜿蜒起伏形似长龙，在它的终结处，却突然出现一座高耸如平台般的巨岩。于是，早年有人起了“青龙台”一名。

二〇〇二年十一月二十二日，这天刚巧进入农历节气的“小雪”。《二十四节气歌》中说：“立冬交十月，小雪地封严。”此时正是东北天寒地冻的时节。

这个时候干活，就有点拿不出手了。咋个叫拿不出手？就是冻手冻得像猫咬似的呗。尽管天气冷成这样，东兴镇村的个体司机刘树生还是起了个早，把自己那台老旧的东风大货车发动着了。

刘树生今天去青龙台林场的采伐山场运输木材。虽然天冷，山路早已被老天爷用雪铺成了滑溜溜的冰道，可是刘树生等着赚到钱把这台旧车淘汰。自打他开车当了司机，就一直在这山上转，啥路他没走过？

镇里的两个去青龙台林场上班的检尺①女工，听说刘树生要去林场，就搭乘了他的车。三个男装卸工有两个发扬了风格，把驾驶室让给了这两个女工，他们坐在后面的车厢里。

车进了山里，驶上运木材的山路，窄窄的路面被冰铺了个严严实实。刘树生手中紧握方向盘，眼睛紧盯前方，小心翼翼地开着。

前面出现一个隆起的山嘴，是一个陡坡。刘树生松了一口气，看看腕上的手表，刚过八点。这里离林场也就两千米了。

他加大了油门，东风车不高兴地哼哼着爬上小陡坡。

---

①检尺：对伐下来的木材进行测量，记录木材的长度、直径及立方数，评价木材质量的优劣的工作。

车一拐过山嘴，前面的山路上，赫然出现一只斑斓的东北虎。它离刘树生的东风车也就二三十米远，此时正不紧不慢地同向走在这条路上。

这样近距离地观看东北虎，不光是刘树生，车里的人谁也没有经历过。但大家都没太紧张，因为毕竟是坐在铁甲包裹着的汽车驾驶室里。

刘树生怕撞着这只东北虎，脚下一踩刹车，汽车放慢了速度，像个跟班护卫似的，慢慢跟在后面。

汽车发动机轰隆隆地响着，前面的东北虎不理不睬，照例迈着稳健的四方步走它的路，好像认可了刘树生这个汽车护卫。

刘树生可受不了啦：我说山大王，你还真把我当跟班的啦！我就是想给你当护卫，也没闲空呀，我还得赶紧拉木头挣钱哪。

刘树生耐不住性子，按响了喇叭："嘀嘀嘀——"尖锐响亮的喇叭声在空旷的山林中格外刺耳，但前面的东北虎却像没听见一般，连头都不回，依旧四平八稳地走着。

刘树生泄气了，他见按喇叭没起作用，只好乖乖地跟在后面。

给山神爷当上一回跟班，就是晚拉一会儿木材，也值啦，别人还没有这样的机会哪！刘树生想。

东北虎在前，东风汽车在后，神奇的一对组合就这样在运木材的山路上走着。

可惜，当时还没有智能手机，他们谁也没法儿录下这难得的一幕。

突然，东北虎的一只后爪踩在冰雪路面上，那路面因汽车轮胎打滑而磨得溜光锃亮，只见东北虎脚下一滑，竟踩空了，一屁股坐在雪路上。

跟在后面的刘树生下意识地踩住刹车。车里的

人一起张大了嘴巴，吃惊地朝前面看。

这时，坐在前面雪路上的东北虎一点儿没慌张。它竟然没有马上站起身，而是扭过头来，虎目圆睁，恶狠狠地看着汽车里面的人，像是在说：山是我的领地，大王我巡山，你们干吗来打扰？

车里的人一个个屏住呼吸，傻呆呆地望着前面的东北虎。

不知过了多久，也许是东北虎着急巡视它的领地，它懒懒地站起身，继续稳稳地迈着步子，威风

凛凛地走着。

刘树生感觉刚才冲撞了虎大王，他害怕了，赶紧招呼后车厢的两个男装卸工，挤进驾驶室。然后启动车，远远地跟在东北虎的屁股后面。

直到这只虎大王下了运木材的山路，进了林子不见了，刘树生才舒了一口气，汽车开始加速。

车驶进了青龙台林场。刘树生跳下车，进了屋，跟大家绘声绘色地讲起了刚才路上给东北虎当护卫保镖的事儿。

亏得车上人多，大家都是亲眼看见。要不，谁信哪！

大王巡山（二）

青龙台只是一条形状像龙的山脊，这里根本没有龙。如果真有龙，那么龙争虎斗，还真麻烦了。

自从刘树生驾车遇到东北虎后，青龙台林场的工人先后两次又在树林中捡到被东北虎吃剩下的野猪尸骸。还有人坐在行驶的集材[1]拖拉机上，在运集木材时，从驾驶室里望见远处有东北虎走过。

二〇〇三年的初春，林场各采伐点的采伐工作已经进入尾声。

三月二日这天，青龙台林场的管理员周玉财和韩志华，上山到采伐点做收尾检查。

---

①集材：将各伐倒点的木材集中到转运场的作业。

东北的三月虽比不上江南，但大地回暖，阳气上升，积雪已在悄悄融化，棉帽子有时都戴不住了。天气好，心情就好，周玉财和韩志华说说笑笑在山路上走着，虽然走得并不快，却有点冒汗了，两人把棉帽子摘下来，在手里拎着。

他俩不知不觉到了山顶运木材的路上。突然，一声巨吼如晴天响雷一般，把他俩震蒙了。

二人朝前一看，我的天哪，路前方大约四五十米处的中央，一大一小两只东北虎正虎视眈眈地盯着他们！那四只圆睁的虎目好像在说：你们俩为什么不打招呼，就贸然闯进我们的领地？

两个人万万没想到，他们跟虎这么近！是啊，要觐见山大王，得事先禀报才是。而且他俩也不严肃，连说带笑的。

二人刚才的雅兴全无，冷汗在脸上、前胸和后背唰唰地直冒。此时，他们明白，这时是不能转身就跑的。

周玉财和韩志华不约而同地往后一步一步撤，他们既不能退得太快，也不能太慢，生怕惹怒了山神爷。

两只东北虎见这两个人“知罪”，带有歉意地往后退去，也就没再理他们。两个人一直退到路边高大的松树下，两只东北虎的视线被挡住后，他俩拔腿狂奔。

初春有的地方雪化得早，道路泥泞，他们的鞋都跑掉了，也不敢捡；手里拎着的帽子丢了，也顾不上找。

两人一口气跑回几千米外的青龙台林场职工宿舍。屋里的人见他们如此慌张，问他们咋啦？他俩脸色煞白，光大口喘气，半天说不出话来。

两天以后，正在珲春进行野生动物调查的吉林省林业厅的两位专家，在自然保护区同志的陪同下，跟随周玉财和韩志华，来到了他们当时遇到东北虎的地点勘查。

在附近的树林中，除了林场工人施工的工棚外，小河边以及山路上都相继发现了东北虎的足迹。

深入密林中两千米处，尚未融化的林中雪地上，他们又发现了两只东北虎的卧迹。两位专家从卧迹分析出，这是一只成年雌虎带着一只亚成体幼虎。

东北虎为何对青龙台如此青睐？原来，这里采伐点多，树被放倒后，平时长在树上的冬青、松萝以及树梢的嫩枝，都是食草动物初春的美味佳肴。

狍子和鹿的频频光顾，自然引来了东北虎。在这数十平方千米的采伐区内，老虎尾随食草动物有规律的活动而活动，这里自然被它们划为领地。

东北虎小档案（二）

东北虎栖居于森林、灌木和野草丛生的地带，极具领地意识，活动范围可达一两百平方千米。喜夜行，性情凶猛，行动迅捷，善游泳。

因为虎喜欢独来独往，所以人们常说："一山不容二虎。"虎与虎之间不仅不往来，各有各的活动领地，就是雄虎与雌虎，也只有在发情季节才到一起，交配后马上就分开了。

幼虎一般随母虎一起生活。一旦幼虎长大，便会被母虎赶走，独闯山林了。

山里人有俗语：野猪过沟塘，老虎走大岗。东北虎仪态万方，威风八面。除非它在追捕猎物，否则平时都是专挑平坦敞亮的好地方走，这样可以减少体力。因此，人们常常能在山中路上遇到东北虎。

虎步生风，东北虎在森林里丝毫没有狍、鹿等动物一遇风吹草动就惊慌失措的形态，也没有狼和狐狸狡猾、猥琐的模样。

东北虎常在树上留下爪痕和尿液，用气味来标明自己的领地。雄虎可以通过嗅闻雌虎尿液的气味，来判断这只雌虎是否发情。

东北虎处于食物链的顶层，与众兽为敌，大小野兽只要嗅到它的气味或是碰见它的踪迹，便会马上逃避。所以，东北虎既没有同类相伴，也没有动物与它做朋友，可谓真正的“孤家寡人”。

虎视眈眈（一）

你曾面对面注视过东北虎吗？如果有，那一定是在动物园里。你看到的是人工饲养的东北虎，它已经完全没有了山林之王的凶悍和霸气。无论它趴卧还是吼叫，你都会觉得好玩，没有丝毫震撼。这时笼中的东北虎，也只是保留了它的外表模样，没有王者之尊，也丝毫没有王者的风范。比如，你看见饲养员扔出一只活鸡，几只东北虎一起去争抢活鸡……

而野生东北虎完全不是这副模样。是呀，哪有一群大王去争食的道理？有人还做过这样的比较：虽然狮子生活在非洲草原，东北虎生活在东北亚森林，两种动物无法面对面较量，但狮子“王”跟“百兽之王”老虎比还是不可同日而语。狮子喜群居，且常常是好几头狮子联合起来捕猎。而老虎都是唯我独尊，独来独往的，且不说论形态，虎更为壮硕。那么与山林之王面对面，它看着你，你看着它，是惊险，是震撼，还是幸运呢？

九月，老爷岭开始进入五花山[①]最灿烂的季节。滋养了整个春夏的各种各样的树，每一片叶子都展现出它独有的色彩。枫树的叶子红得像点燃了一团火，成片的柞树更不示弱，弄得满山红彤彤一片；桦树叶子变成一片片闪烁的金箔，大青杨摇动着一树耀眼的金黄；直入云天的冷杉和云杉，翠绿依旧。于是，它们请野葡萄、五味子、狗枣子等藤蔓植物，为它们缠绕上一身鲜红的披风……

山里的秋天，空气透明得好似能把你融化。你在山里走，都找不到自己了。

一条蜿蜒的山路上，摩托车清脆的“突突”声

---

①五花山：特指东北林区的一种秋景。每年九月中下旬，随着天气转凉，森林中各类树的叶子及灌木相继开始变色，呈现出深浅不同的绿、黄、红、紫、褐色，五花山因此得名。

打破了寂静。这里的山像是也兴奋了，在打着节拍，快乐起舞。

一大早，春化镇官道村的刘宝贵骑着摩托车，去乌拉草[①]沟养蜂场。刘宝贵五十五岁了，在老爷岭的大山里长大，这些年靠山吃山，他除了种点山坡地，主要以养蜂为生。

刘宝贵的蜂场设在乌拉草沟。九月末，花季过去了，他打算去蜂场看看，早点把几十箱蜂运回来过冬。

当他行驶到一个叫黄菠萝树沟的地方时，前面探出一处山包，是段急转弯的路。刘宝贵转过山包，突然看到前面离自己仅有三四米远的地方，一只体形硕大的东北虎，正背对着他，在山路上悠闲地走着。

平时虽然常听人说起这山里有东北虎，但当真看见东北虎时，刘宝贵没有一点心理准备，还是吓蒙了。他来了个急刹车，摩托车一下子拐进山路边的深沟里。

---

①乌拉草：又称靰鞡（wù la）草，生长于东北林区沼泽地带的一种野草。其草叶细长柔软，纤维坚韧，不易折断，可以用来制作草鞋、草褥、人造棉、纤维板、草编工艺品等，还可以造纸和取暖。

刘宝贵连人带车摔进沟里时，弄出的响声惊动了东北虎。这只东北虎停下来，扭头朝发出响声的地方看。路边沟里的刘宝贵正好跟这只东北虎来了个面对面。

事后刘宝贵跟别人说："它那一转头，我可真看到了它的正脸。那脸，老大、老吓人了，头上那个'王'字特别清楚，当时我可给吓坏了，寻思这下可完了……"

一定是这山大王看出了刘宝贵无意冲撞它，所以，只看了几秒，它就离开山路，跳进沟里，爪子用力挠着沟壁，蹿上路边的山坡，进了树林。

惊魂未定的刘宝贵眼望着那东北虎走远了，好不容易才从沟里爬出来。一查看，还好，自己没有受啥大伤，只是手和胳膊碰破点皮，摩托车也能骑。

他壮着胆子来到东北虎往上蹬蹿的地方，惊奇地发现，结实的水泥路面竟然被老虎蹬出了几个小坑。

"那坑里能放得下火柴盒！"刘宝贵跟别人说起自己遇到东北虎的场景时，比画着。

他发现，坑里和坑外还散落着一些白色碎片。刘宝贵好奇地捡起来一看，好像是老虎蹬地时留下的指甲，都成碎片了，可见老虎使的劲儿有多大，竟把自己的脚指甲蹬掉了一些。

刘宝贵细心地把碎片收拾好，带回家。他把捡到的指甲碎片交给林业局野生动植物保护科收藏。

“看起来应该是四个指甲，不是一个整的，都碎成片了。”工作人员鉴定完后，告诉刘宝贵。

“经过这次事件，我晚上睡觉净做噩梦，一闭眼满脑子都是老虎的样子！”事后，刘宝贵逢人就这样说。

“我住的地方东北虎经常出没，自己家的两头牛曾被东北虎吃过。这一次见到真老虎，距离可是太近了。可能是老虎吃饱了，或者嫌我瘦，所以没吃我。”刘宝贵说着，哈哈大笑起来。

虎视眈眈（二）

老爷岭的五月季春，正是山野菜旺盛的时节。在这样的好日子里，春化镇兰家趟子村的村民纷纷进山，采集各种山野菜，然后拿到市场上，换回一把把的钞票。

这天一大早，村民杨光伟就喊上邻居齐老六，骑着摩托车，带上筐，进山去采山野菜。

离村子近的山，野菜早被别人采光了。要想采到更多的山野菜，往山里走得越远越好。

两个人骑了二十来千米的山路，这里已经山深林密，前后瞅瞅，没有一个人影。地方不错，两个人会意地点点头，停下摩托车，熄了火，钻进了林子。

常上山的山里人，一进山，就像鱼儿游入大海。

很快，两个人就分开了。山里人都知道，要想采到野菜，不能几个人聚在一起。

今天杨光伟来采的是刺老芽[1]。刺老芽这种野菜无论炒着吃还是焯了水蘸酱吃，都非常可口。新鲜的刺老芽市场上能卖到几十元一斤。

但是这刺老芽好吃不好采，它长满尖尖的刺，采时要格外小心，弄不好手就会被扎出血。

透过稀疏的树叶，杨光伟看到太阳已经升到头顶，估摸该有十点多了，可是自己一筐都没采满，身上背的袋子也是空空的。

他显然有点着急了，在林子里钻来钻去，找刺老芽的脚步加快了许多。

前面半山坡上有一片刺老芽。杨光伟拨开遮挡他的树枝，几步就奔过去，小心地从一棵棵刺老芽的茎上，把嫩芽儿掰下来。

正在他专心地采嫩芽儿时，忽听到有踩树叶“哗啦哗啦”走路的轻微声音。杨光伟低头只顾采，心想，这齐老六不会这么快就转回来了吧？

---

①刺老芽：生长于东北山区的杂木林、次生林及针阔叶混交林中，从春季到夏初均可采摘。

他有些纳闷地抬头朝声音发出的方向看去。天哪，在距离他还不到十米远的地方，一只东北虎正站在那儿看着他。

“虎在山坡上，我在山坡下，虽然中间隔着树，但我看得清清楚楚。我的脑袋一下子就炸了。”事后，杨光伟告诉别人，“这下完了，我跑不了啦。”

“我以前只是在电视上看过老虎的新闻。亲眼见的那只东北虎大约有七八十厘米高，圆圆的大脑袋，脑门上有清楚的花纹，三横一竖。当时我真的傻了，就笔直地站在那里，我看着虎，虎盯着我。”

就这样与这只东北虎对视了几秒后，杨光伟突然意识到，看体形，这应该是只小虎。于是，他胆子稍大起来。见它还不肯走，这时，杨光伟想到林业局动物保护工作人员下乡宣传时，曾说过见到老虎不要扭头就跑，要装作和同伴说话，然后可以慢慢后退着离开。

于是，杨光伟使出全身力气，大声呼唤着同伴的名字：“齐老六——”

他一边呼唤，一边小心翼翼地往后退，小心地瞄着前面东北虎的举动，生怕它扑过来。

让杨光伟万万没有想到的是，这只小东北虎看了他一眼，并没有理他，而是有点傲慢地转身钻进了树林里，一副不可一世的山大王的样子。

眼瞅着东北虎已经走了，惊魂未定的杨光伟连滚带爬地朝停摩托车的山路的方向跑去。

“我当时不知道老虎跑哪儿去了，它还会不会回来，它要是一下子扑过来，我就没命了。”杨光伟事后回忆道。

刚下了几天雨的山林，地面又湿又滑。杨光伟一连摔倒好几次，他爬起来，继续拼了命地跑。到了停摩托车的山路上，也没见到齐老六的身影。

杨光伟很担心同伴的安全，就站在山路上，继续冲着林子里大喊齐老六。喊了好一阵，也没有半点回音。这时，杨光伟感到嗓子撕裂般地疼，一阵咳嗽后，他竟吐了一口血。

他赶紧给摩托车打着火，手也不好使了，不停地哆嗦着，有点握不住车把。

下完雨后的山路上，尽是水沟和水坑，他骑着摩托车连摔了好几跤，胳膊、腿都摔坏了，却根本没感觉到疼。他为了给自己壮胆，不停地按着喇叭。

下山回到家，杨光伟一连好几天都说不出话。是因为嗓子喊破了，还是被吓的，他自己也说不好。

东北虎小档案（三）

在动物学家的眼里，老虎和狮子相比，在灵敏度、耐力等方面，可能更胜一筹。

老虎行走时，会像猫一样轻手轻脚，不出一点声响。老虎猎食主要有三种方法：第一是猛追，这种捕食方法最常用，当它追到离猎物足够近的距离时，就一个“虎跃”，将猎物一口咬住。第二是伏击，它一旦发现猎物，会先伏下身体，在草丛中匍匐行进，一直潜行到离猎物只有几米远时，突然猛扑过去，用牙齿和锐利的前爪将猎物置于死地，这种方法可以最大程度降低体能的消耗。第三是寻踪，老虎嗅着猎物的气味找到猎物，然后扑过去将猎物捕获。

偷袭和出色的爆发力是老虎在捕猎时出奇制胜的法宝。老虎短距离奔跑时的速度非常快，但这种速度无法维持很久，因此，捕食的成功率才不高。

超强的视力也是老虎在捕猎时的秘密武器。它们常在傍晚或黎明前外出捕食，夜视能力是人类的六倍。这是因为老虎的视网膜后有一层特殊的反光层，可以通过调节入射光线的亮度使视物能力更强。

王者风范

突发奇想

东北山区进入秋季后，五花山是这里的一道独特的美景。

郑爱国和郑爱家两兄弟都是摄影爱好者，家乡的五花山景致他们拍了许多年，但总是拍不够，拍出更满意的片子是他俩的不懈追求。

五花山最美的景色是从九月开始的。原来满山鲜绿的叶子如同魔法师，一天天变了色彩。有的叶子由绿变成了浅黄，又渐渐变成金色；有的叶子由绿变成了淡粉色，又渐渐成为浅红，再变成鲜红和紫红……

这些日子哥儿俩总往山里跑，因为山上树种的不同，使各处的景致也不相同。

这天，哥儿俩拍完片子往回走，弟弟显得有些沮丧，他对哥哥说：“我不想再拍五花山了，再拍也就是那样。再说，不光咱们拍，凡是爱好摄影的，大家都在拍。”

哥哥瞅瞅弟弟：“这个时节是五花山最好看的时候，你不拍五花山，拍啥？外地人想拍还拍不到哪！”

“你没听说最近咱们这一带总出现东北虎吗？哥，咱们拍虎吧，那多刺激，多来劲儿！”

哥哥一听，吓了一跳：“拍东北虎，那太危险啦！”

“没啥事的，哥。电视上都说了，虎一般不会主动伤人，只要人不惹它。再说，我们有长焦镜头，躲得远远的，不会有事的。”

哥哥觉得弟弟说得有道理，再一想，如果真能拍到东北虎，那绝对算得上稀有照片啊。

爱好摄影的哥哥也动心了。

尾随鹿群

头一天晚上，哥儿俩就打听好了哪里有东北虎在频繁活动。第二天，天边刚刚泛白，他们就驾驶着披了伪装网的越野车，上山了。

太阳刚从东边山林中的树脚下露出脸儿，他们就已经进入了深山区。哥儿俩在一处僻静的路边停下，各自挎着“长枪短炮”，开始搜索东北虎。

这里的泥沙路面上果然有不少野兽的足迹。很快，他们就发现了鹿和野猪的足印——这是他们最想找的，因为东北虎以鹿和野猪为主要食物。有了这些动物，找到东北虎的希望就很大。

哥儿俩顺着泥地上鹿和野猪隐约留下的足迹仔细搜索。虽然这是个枯燥的事儿，根本无法跟五花山美景相比，但哥儿俩信心十足，他俩低头弯腰细细查看着，像孩子在找寻宝藏，像姑娘找自己丢失的珍珠钻石。

“哥，快来看，有了——”前面的弟弟向后面的哥哥连连招手。哥哥赶紧跑过去一看，果然，地上有几个梅花状的足印。

“东北虎！是东北虎留下的！”

“哥，怎么样，这家伙看来正在这一带捕猎。”

“我们继续往前找找看，然后选一处可以隐藏起来的拍摄点。”

大王驾到

沿着足迹往前搜索，两人来到一处极佳的拍摄点。

路边平地耸立起一座山头。贴着路边的这座山，像是大自然的能工巧匠一斧子把山头劈了一半似的。在陡峭的山顶上，生长着几棵虬龙般的松树。这树好像守兵在眺望进山的人，从山头斜伸向天空。

哥儿俩抬头望着山顶这几棵松树，顿时眉开眼笑：这里如同摄像机伸出去的长摇臂。爬到上面拍东北虎，既安全，角度又好。

山并不高，也不算陡。哥儿俩登上山顶，各自选好了一棵松树，爬到树的半腰，正好可以俯瞰下面的山路，眺望山上的动物。而下面的动物，只要你不在上面弄出动静，它不仰头，是绝对不会发现你的。

接下来，哥儿俩靠在树上，静静地等待。虽说等待的时间总是显得很漫长，但两人多年搞摄影，明白好片子要靠磨出来的道理，早都已经习惯了这种等待。

尽管他俩坐在树上，硬邦邦的树干硌着身子，很不舒服，也很累，但拍虎是诱人的，想着能拍到好照片，一切的苦就无所谓了。哥儿俩都在坚持着，期待着奇迹的出现。

太阳在慢慢升高，阳光斜掠过树梢，亲昵地照在哥儿俩身上。哥儿俩分别望着山路的两边不同的方向。

哥哥正痴痴地望着，忽然听到旁边树上弟弟轻轻摇动树叶的窸窣声。这是事先定好的信号——他的那个方向，真的有一只东北虎来了。

王者风范

他俩的眼睛紧紧盯向山路的前方，那黑黄条纹相间的身躯，正在稳稳地、慢慢地向前移动。哥儿俩全身兴奋地颤抖，根根汗毛直立起来——这不是害怕，是一种巨大的震撼。哥儿俩一边注视着，一边想：感觉这跟在动物园看虎完全是天壤之别啊。瞅着铁栏杆里的虎是懒洋洋的神态，没有多少生气，倒像是一只大猫。

此时，这山大王稳步走来。它每一步都迈得那么沉稳，那么威严。这神态和风范，世间任何一种动物都无可比拟。它不像狮子摇动鬣毛，张开大嘴，发出嘶吼，来显示自己的威严。它仪态万方、目光

炯炯、威风凛凛，让你远远地就被它的气势压倒。难怪古人把它敬为山神！

哥儿俩赶紧按动快门。

东北虎依旧大王出巡一般，迈着沉稳的步子，向哥儿俩的树下走近。它走得越近，哥儿俩愈发被东北虎的威仪和风范所震撼。

当东北虎来到哥儿俩躲藏的树下时，哥儿俩不由自主地停下拍照。东北虎一定早已感觉到树上拍照的兄弟了，这时，它停下来，微微仰起头，看了一眼树上的哥儿俩。

他俩心里暗暗祈祷：虎大王，你太威武啦！我们有幸欣赏你，只是想拍下你的风采，别怪罪我们，也别伤害我们哟。

东北虎并没有在意树上的兄弟，继续走自己的路。

看着威风凛凛的东北虎一步步走远，兄弟俩仍然沉浸在那种从未有过的震撼中……

东北虎小档案（四）

野生东北虎夏季体色棕黄，冬季体色淡黄，背部和体侧有多条黑色窄条纹，呈柳叶状。头大而圆，前额有数条黑色横纹，中间有纵纹，极似“王”字，故有“山林之王”的美称。

东北虎目光如炬，行动敏捷。它的身体厚实，背部和前肢强健的肌肉在运动时起伏，强壮的四肢推动身躯向前，行动平稳。

东北虎拥有尖硬的牙和钩爪。它的犬齿长达 7.5 厘米，可以轻而易举地插入猎物的主动脉，刺穿脊髓；舌上长满钩形凸起，可以刮食生肉；虎爪用时伸出，不用时缩回爪鞘，避免行走时摩擦地面。可以说，它的身体构造处处暗藏玄机。

东北虎栖息在人迹罕至的深山密林中，常在巨石嶙峋的背风向阳处或是大树根旁趴卧休息，无定居穴巢；常常会利用茂密的树林和灌木丛做掩护，悄悄跟踪猎物潜行。一旦接近猎物，它便会突然袭击，使猎物猝不及防。

东北虎如此强悍，却敌不过人类捕杀带来的灾难。在过去的百年间，全球野生虎的数量由十万只下降到不足四千只，而全球野生东北虎的数量已骤降到不足六百只，中国境内仅记录到约三十只东北虎。可以说，它比大熊猫还要珍贵。现在，东北虎已经被世界野生动物基金会确定为世界十大濒危物种之首。

为何短短百年间，东北虎种群数量下降如此之快呢？原来，栖息地的碎片化分布和领地范围的缩减、食物资源的匮乏短缺、人为生态破坏、战争以及为经济利益乱捕滥杀等，都是野生东北虎数量骤降的重要因素。

第三章

打虎上山

“爷爷，人们一直都说，打虎的人是英雄好汉。像《水浒传》中的‘武松打虎’，《智取威虎山》中的‘打虎上山’。”

“孩子，那是虚构的故事，作者为了突出英雄人物的勇敢、强悍的形象，才这么描述的。虎从来不会主动伤人。”

“爷爷，如果东北虎因为人类的杀戮，从地球上消失了，那太可怕啦！”

“是的，那时候，我们的子孙后代只能通过画册看见它，那哪有见真虎好啊。所以呀，绝不能再以打虎为荣，应该感到羞耻才是啊！”

打虎之祸

山里的好猎人，是绝对不打虎的。但也有个别利欲熏心的，当然就遭到了老天的谴责。

——老猎人刘德成

有求于人

这天中午，老猎人刘德成正在家里吃午饭，邻村一个猎人来了。刘德成立刻看出，他来找自己肯定有大事儿——准是遇到了什么大野物，自己对付不了，才来找他的。

刘德成是这一带有名的猎人，人送绰号“刘大炮”。

刘德成赶紧把来人让到炕头坐下，叫老婆赶紧再炒两个菜，摆上桌。那个猎人忙推辞道：“大哥，我是刚吃完饭过来的。”

这是山里人的规矩和习惯：有客人来，一进屋，要是赶上吃饭的点儿，那是一定要先让到热炕上坐着，好吃好喝地招待一番的。

吃了几口菜后，那个猎人刚张嘴想说什么，却欲言又止。刘德成是个实在人，他拍拍那人的肩膀，说道：“老弟，说吧，又遇到啥大家伙了，要我去帮你，尽管吱声就是喽！”

“大哥，这次遇到的可是个不一般的大家伙——”那人压低声音，有些神秘。

“啥大家伙？野猪还是熊瞎子？”刘德成乐了，“说吧，多大个儿？四百斤还是五百斤的？”

那人还是吞吞吐吐：“大哥，你知道我这两下子跟你差远了。可是打了这么多年猎，三五百斤的一般家伙我也能收拾。这会儿可不是什么野猪、熊瞎子了……”

刘德成听了，嘴一撇：“不是野猪、熊瞎子，那你怕啥？难道是老虎？”

这时屋里没有别人，但他还是生怕让别人听到似的，压低了声音说：“大哥，这次可真就是只老虎——”

刘德成一愣，吓着了一般，半天才说话，口气十分严厉：“我说老弟，你怎么突然糊涂起来，连老虎都敢打了！你难道不知道虎是国家重点保护动物，打了是犯法的？你就不怕坐牢？再说了，老虎是咱山里人崇敬的山神爷，你怎么连山神爷都要打？”

那人并不服气，他依旧压低声音说：“大哥，你先别急，你说政府不让咱打虎，老虎是咱的山神爷，这些个我都清楚。可是我碰上的这只老虎，已经受伤好多天，我都观察它挺长时间了，它也支撑不了多久。你说，这样一只老虎，我们不打，别人见了也得打。总不能叫它死了烂在山上，白白浪费了那些值钱的虎皮和虎骨呀。”

“那也不能打！我看你是想发财想昏了头啦！”

刘德成嗓门越来越高，他真的生气了：“你说，这到底是咋回事儿，你在哪儿看到的老虎？这事你应该向林业局动物保护部门汇报去呀。”

那人一看求助不成，反倒挨了刘德成一顿教训，觉得没趣，便起身下了炕，边说边往外走：“好了，大哥，你也别生气，老虎我不打了行不？刚才那些话，就算我没说。”

“可不许胡来！”送那人出了门，刘德成又叮嘱了一句。

被套子折磨的山大王

这只东北虎跟那个猎人第一次相遇，是在五林洞附近的柞树林子里。

当东北虎从东边山坡横穿过来时，正遇见几只狍子惊慌地从山下往山上逃。一心想甩掉后面紧追不舍的猎人，让这些狍子竟没有发现不远处正朝这儿走来的老虎。

在林子里灌木野草掩护下的东北虎，正悄无声息地接近狍子。它突然开始加速，一阵狂奔过后，老虎把落在后面的一只狍子扑倒了。

正当老虎咬紧狍子的脖颈气管时，远处，那个追赶狍子的猎人朝这里赶来。他远远地看到老虎扑倒了狍子，立刻站住了。看来，这猎物是属于老虎的。知趣的猎人无奈地望了望，悄悄从旁边绕开了。

趴在那里，嘴里还紧咬着狍子的老虎，同时也发现了远处的猎人。它歪头往猎人的方向望去，眼里闪着寒光，好像在说：这里是我的地盘，你赶快离开！

猎人走了，已经听不到他踩着雪地发出的轻微的“咔嚓”声。老虎需把狍子拖到附近林中隐蔽一些的地方，再大快朵颐。它后退着开始拖狍子，拖着拖着，后腿突然被什么东西拽住了。

老虎觉得碍事，腿使劲儿蹬。可是，那个东西却死死缠在它的腿上，越是使劲儿想摆脱，那东西越是往肉里钻，弄得它腿很疼。

老虎这才回头去仔细看。原来是一根钢丝勒在自己的一只后腿上。刚才它拽狍子时，没注意到偷猎者下的套子。

是怪老虎太粗心吗？是老虎的嗅觉不敏锐吗？都不是。山上的套子太多了，而且隐藏得特别好。凡是下套子的人，都是行家里手。但说实话，他们下的套子真不是用来套老虎的，而是为野猪、狍子和鹿，还有野兔、野鸡准备的。

套子分大小，套子的钢丝也因套的野物不同而粗细不同。套野鸡和野兔的套子较小，套子的钢丝也细，只是用单股的钢丝。这种套子就是偶然套上老虎爪子，老虎轻易也能挣断。

但是，用来套野猪、狍子和鹿的套子就不同了，这些套子都是好多股钢丝绳做的，老虎一旦误入这样的套子，就别想挣断逃脱。

无论是在柞树林里、云杉树下、白桦林中，还是在山坡或洼地，偷猎人下的钢丝套都无处不在。这些套子不仅有当年套，还有很多隔年套。只要那套子没有套上猎物，偷猎者就把它扔在山上不管，它们就永远是向野兽索命的死亡陷阱。

虽然这下套子人的本意不是针对老虎，但老虎被这套子套住的概率却极高。

一是野猪和狍子是老虎食谱上的主要餐食，老虎为了追捕它们，总是循着它们的足迹前行，所以往往有前面逃跑的猎物躲过了套子，而后面捕食的老虎却误钻进套子的情况发生。

二是老虎位居食物链顶层，大山都是它的领地，所以老虎走起路来大大方方、从不躲藏。它在山上专挑好走的地方走，缺少防备精神，常常会被那些遗弃的套子套中。

现在，这只被钢丝套子套住后腿的老虎，像一座喷发的火山般愤怒了。它吼着，腿用力蹬着、踹着，四周地上的雪被它扒开，雪下的枯叶被它踹得四处飞扬，旁边细一些的树干，也被它撞断了。

它吼着跳起来，可是每一次往前猛力一蹿，它都被套子拽了回去，重重地摔在雪地上。勒在后腿上的钢丝套像一把刀子，直往肉里扎。

无论它怎么努力去挣脱，那个套在它腿上的套子都更起劲儿似的往它腿上勒去。

钢丝已经勒进了肉里，鲜红的血从钢丝勒进的部位淌出来，腿旁边的雪地被染红了一大片……

挣扎得累了，老虎早已饥饿难耐，这才顾得上吃几口狍子肉。刚吃了几口，有了些力气，它又开始挣扎，套子更往肉里勒去……

每一次使劲挣脱，套子都会勒得老虎疼得更甚。它只能愤怒地吼上一阵子，却别无他法。

老虎吃一阵，挣扎一阵，直到晚上，狍子已经吃掉了大半只，套子却依旧在腿上。

老虎已经饱了，它被腿上的套子折磨得疲惫不堪，几近疯狂。它用足了力气，忍着剧痛，猛地一拽——只听“咔嚓”一声，绑套子的那棵树被拽断了。

老虎得到了行动上的自由，但是腿疼得钻心。它回头一看，那套子还在腿上，已经深深地勒进了肉里，也许已经勒到了骨头。每走一步，它都疼得哆嗦，只能一瘸一拐地走。

贪婪的猎人

半个月后，猎人在大青山的石砬子再次遇到老虎时，他不知道这是自己在五林洞看到的同一只老虎。

当时，猎人正躲在石砬子下避风歇息。突然，他望见远处西边的山坡上，一只老虎正朝山顶走来。

猎人坐在山顶石砬下的东侧，冬天刮西风居多，老虎现在是在上风头，闻不到他的气味，就不会很快发现他。所以，猎人是比较安全的，但他还是想早点躲开为好。

就在他要起身离去时，无意中看到这老虎走路的姿势有点奇怪。他再仔细一看，这老虎走路一瘸一拐的，而且很慢。

“这老虎受伤了？”猎人心里嘀咕着。猎人总是时刻有占有猎物的欲望，这让他觉得眼下是个千载难逢的好时机。

于是他没有撤离，身子往后靠了靠，正好藏在凹进去的岩洞中。老虎只要闻不到他的气味，就不会发现他。

等了一会儿，只见老虎爬上山顶，在靠西边的石砬子旁趴下来。

猎人现在距离老虎很近，他看清了老虎的一切。

"我的天——"猎人暗暗叫道，"它身上挨了两个套子，脖子上一个，后腿还有一个。"

猎人继续细细打量着，只见老虎脖子上的和腿上的套子都已经勒进肉里，只剩下一段钢丝套子在外面耷拉着。

他看到老虎脖子上的肉，已经被勒开了口子，好像已经化脓了，后腿上的肉也朝外翻着。

"这只老虎受的伤好重呀！看来它活不了多久了——"猎人嘀咕着，但他清楚老虎的威力，轻易还是不敢动它。

一阵冷风吹来，猎人打了个哆嗦。他有点冷，便将身子蜷缩得更紧了。再看那老虎，还是趴在那里一动不动。

猎人心想，这只受伤的老虎不会走远，先回家吧，明天再来看看。

他担心自己对付不了这只老虎，第二天就去找了这一带山里最有名的猎人刘德成。

再遭不幸

山里人常说一句俗语，"屋漏偏遇连阴雨"，恰好说着了这只老虎的不幸遭遇。

那天它捕到狍子，却不小心套上了套子，挣扎了许久，它终于把拴套子的小树拽断了，歇了一阵子，吃完了剩下的半只狍子。

老虎抖抖壮硕的肩膀，迈开步子，它要赶快离开这个让它受伤的可恨之地。虽然它在这儿逮到了一只狍子，但它宁愿饿着肚子，也不想让那讨厌的套子勒在腿上。而且，那套子已经深深地勒进肉里，还怎么也弄不掉。

可是，就在老虎刚走出不远，从一棵粗壮的核桃楸树下走过时，突然，什么东西一下子拽住了它。刚才后腿被套子套住的经验和敏感让老虎马上意识到，自己又一次被那可恨的钢丝套子给套上了！

这次套住它的位置竟是在脖子上。它低头拖着伤腿只顾走路，没想自己整个脑袋都钻进了偷猎者下的套子。

鉴于刚才后腿被套住的教训，老虎清楚不能再使蛮劲挣扎了。它小心地晃了晃头，又试着往后退了退，想把脖子上的套子弄下来。可是，这套子只要是套上，哪儿还能说退就退出来？

老虎前后试着，来回挣脱，套子不但没被弄下来，每一次使劲反而勒得更紧。老虎又一次失去了耐心，它开始拼命挣扎，一次次地往前冲，又一次次地往后撤，它怒吼着。

它的每一次努力，都使脖子上的套子勒得更紧。它几乎喘不过气来，摔倒在地上。那钢丝套像一把刀子似的，往脖子肉里钻。疼痛让老虎的脾气变得愈加暴躁。它越挣扎，套子就往肉里勒得越深。

老虎的劲儿太大了，那套子最后完全勒到了老虎的喉管。剧烈的疼痛让老虎不停地打着哆嗦。不知过了多久，老虎终于把拴套子的那棵粗壮的核桃楸树撞断了，但那套子依旧套在脖子上，快把老虎的喉管都勒断了。

老虎现在呼吸困难，喉管的疼痛让它连东西都不能吃了。

生死博弈

猎人本想找刘德成一起来猎取这只受伤的东北虎，却被刘德成拒绝了。猎人不死心。一只老虎，光那张虎皮偷偷销到黑市，就是几十万元；整个虎骨架呢，也是几十万！

巨大的利益促使他铤而走险。他决定自己干掉这只老虎。老虎已经受了那么重的伤，他觉得只要小心点，看准时机，还是有把握的。

他回到家里，做了一些准备。临行前告诉妻子：“我这次进山，如果没回来，你就不用去找我了。”

妻子明白打猎的人，整天摆弄刀枪，跟野兽打交道，哪能没危险。现在听丈夫这么说，她心里清楚，丈夫这次进山打的，一定是个大家伙。她知道丈夫主意已定，再劝也劝不住，只好忐忑地看着他进了山，在心里默默念叨：山神爷啊，保佑我的丈夫平安归来吧！

她哪里知道，丈夫这次要捕杀的，就是老虎山神爷！

猎人又来到青山的石砬子边，在那里，他沿着几天前老虎留在雪地上的足迹跟踪寻找。他相信老虎的伤很重，不会走得太远。

果然，第二天，猎人就望见前面有一只老虎，在摇摇晃晃地走着。他辨认出，这就是那只受伤的老虎。

猎人捡起一片树叶举到头顶，放开树叶，试了试风向。现在他是在上风头，按理前面的老虎是会嗅到人类的气味的，但他看这只老虎没有管他，依旧在一摇一晃地、艰难地行走，看来它被伤痛折磨得有些麻木了。

如果在平时，一嗅到人类的气味，老虎是会立刻做出反应的。

尽管这样，精明的猎人决定，还是绕到老虎前面的下风头去，从对面来堵截更安全。他不想跟在虎屁股后面，总让随风飘去的气味来刺激老虎。

猎人轻轻迈着步子小跑着，绕到老虎的前面。他再看见老虎时，老虎已经停下来不走了，在半山坡一处光秃秃的岩石上趴下来。

猎人不敢贸然行动，他远远躲在一棵大树后，观察着老虎的动静。整整一个上午，老虎动也不动。

它是死了吗？我等一会儿再看看。猎人想。

渐渐西下的太阳的脸儿，在树梢上躲躲闪闪。林子里的光线快速暗淡下来。

猎人见老虎一直这样趴着，猜到老虎快不行了，果断决定采取行动。他端着枪，悄悄往前靠近。三百米、二百米、一百米……老虎还是一动不动。

它死了！猎人心里一阵欣喜。

就在离老虎仅剩下十几米远时，那只趴着的老虎猛然抬起头，瞪圆了眼睛。脖子上套的钢丝套，让它想吼却吼不出来，它目光如炬地看着猎人。

猎人大吃一惊，他在惊慌失措中来不及多想，还是朝老虎开了一枪。

枪响的同时，老虎猛地从地上跃起，向面前的猎人扑去……

猎人之死

春天到了。这是山里人采野菜的好季节。

有人来到这片山林中采野菜，发现了死去的东北虎，马上报告了当地的林业局。林业局森林保护科的人在检查这只老虎时，发现它的脖子和后腿上分别勒着两个套子。脖子和后腿上的伤很深，肉已经腐烂。奇怪的是，死虎的身上还有被子弹打过的痕迹。

人们推测，老虎是先被套子勒住受伤后，又中了猎人的子弹。打虎的猎人是为了拿虎皮虎骨卖钱，可是这猎人为什么不拿走死虎呢？

大家觉得真是个谜。

转眼到了秋季，有人来这一带山里采蘑菇，在草丛里发现了一具腐烂的人的尸体，旁边还扔着一杆猎枪。

人们立刻报告了公安局，森林保护科的人也跟着来了。森林保护科的人一看周围的环境，就忍不住说："这不是春天发现死虎的地方吗？"

大家仔细勘察后，明白了：是这个猎人在打中那只老虎后，东北虎临死时，咬死了猎人。老虎咬死人后，又向前走了一段路，才倒下了。

有人捎信给那位猎人的妻子来认领尸体。她来了，呆呆地站在那里，最后喃喃地说："就把他埋在这里吧，让他好好陪着山神爷，给山神爷谢罪。"

猎虎黑名单

东北虎处于森林生态系统中食物链的顶端，除了人类之外，尚无天敌。为了获取皮张和药材，人类非法捕猎东北虎的事件屡屡发生。以下是近五十年来非法猎杀东北虎的一些案例：

1. 一九七四年元旦，吉林省珲春县春化镇猎人杨某与人上山行猎，偶遇东北虎，其中一位猎人被东北虎咬伤。杨某当即开枪，把东北虎打死。

2. 一九七七年底，吉林省汪清县某农场一名工人上山打死了一只东北虎。

3. 一九七八年冬，吉林省珲春县某公社有人下铁夹子，夹伤了一只东北虎。伤好后，此虎捕食受到影响。在十分饥饿的情况下，一九七九年一月八日，这只虎到桃源洞附近鹿场觅食，鹿场工人多次轰赶，虎不肯离去，有人便打死了东北虎。

4. 一九八七年，媒体宣布了“野生东北虎在东北基本绝迹”的消息。此消息播发第二天，在黑龙江省某林场中，一对兄弟便在偷猎时打死了一只东北虎。哥哥被虎咬伤，后被判刑六年，弟弟则畏罪潜逃。

5. 一九八九年十一月十四日，在黑龙江省某林业局林场，一只雄性东北虎被三名偷猎者射杀。几天后，几位当地人借看守死虎之机，监守自盗，把虎须拔得干干净净，还割肉分食，将四枚虎牙以及虎胆、胫骨偷走，就连虎尾巴尖也割走了。

6. 一九九三年十月，珲春市马滴达乡五道沟村的王某、邹某等人到腰岗山偷猎，用枪将一只成年雄性东北虎打死，后发现此虎已被别人下的铁夹子夹住前后爪，动弹不得。四人将虎肢解，准备时机成熟时牟取暴利。一九九六年夏，邹某之侄盗卖虎骨时，被珲春林业公安局抓获。经法院审理，王某、邹某的行为构成了非法捕杀珍贵、濒危野生动物罪。法院依法判处王某有期徒刑四年并处罚金两千元，判处邹某有期徒刑三年六个月并处罚金一千五百元。

不寒而栗的数据

据资料统计，新中国成立后的三十五年间，吉林、黑龙江两省非法盗猎分子共捕杀东北虎三百零三只，其中以吉林省盗猎、捕杀现象最为严重。

二十世纪五六十年代，小兴安岭伊春林区还是东北虎的主要栖息地。到一九七五年，该区发生的捕杀东北虎数量计三十五只，其中活捕十五只。从猎杀和捕捉的统计数字看，东北虎种群的数量锐减。至二十世纪八十年代，东北虎已处于灭绝的边缘。

“很早以前啊，民间就流传着这样一句俗语：打虎亲兄弟，上阵父子兵。”

“爷爷，我也听说过这句俗语。”

“孩子，虽然这句话被人们广泛流传，但它表述的却是极其错误的观念——人们完全没有动物保护的意识，而是将老虎视为洪水猛兽。”

“爷爷，那我们人类为什么还要屡屡杀害它？”

“爷爷觉得有两个原因，一是某些人为显示自己的威武勇猛而打虎，二是为猎取虎皮和虎骨，利益所驱吧。”

打虎亲兄弟

远山有虎

二十世纪八十年代，吉林的长白山。

早些年，满山的獐、狍、野鹿、狐狸、猞猁、野猪、野鸡、榛鸡等动物，不知养活了山中多少猎人。

长白山的猎人在东北这一带，可是远近有名。比如，有一个姓高的家族，他们是猎虎世家。因为祖上出了好几位打虎英雄，他们家的人在村子里走，看见别的猎人迎面而来时，从来都是仰面朝天的。人家若是主动搭讪，他们也就是点点头，哼一声而已。

对于他们来说，那些狍子、鹿、野猪什么的，就跟小虫子一样，不稀得动手。连熊这样的猛兽，他们都不爱理，只有打虎对他们来说才叫过瘾。

每当到了打猎的季节，别的猎人成天往山上跑，他们家的人照旧坐在家里吃肉、侃大山。单等摸准了山上老虎的行踪，他们再收拾好，上山去。

不久，一只猛虎果然死在了他们的枪下。

每当猎到老虎，拉进村子时，大人和孩子都会跑出来看热闹。这家人站在旁边，好像没事似的，大声说笑着。

别的猎人靠打猎为生，养家糊口，一年到头日子都过得紧巴紧的。高家可不同，一只老虎换得的钱，就够他们吃喝一年了。

但是“好景”不长，虽然高家打虎在远近出了名，可山上的老虎却越打越少。等到了高龙、高虎这一代，长白山老虎不仅灭绝了，政府还开始禁猎，猎枪都给收缴了。

尽管哥儿俩现在靠养殖林蛙和种植人参为生，但劳作极为辛苦，生活也比较拮据。所以，他们心里自然还有当年祖辈们打虎发财的梦想。

这一天，弟弟高虎兴冲冲地来到哥哥高龙家。瞅见嫂子离开的工夫，弟弟低声对哥哥说：“哥，有虎了，我们去打虎吧。”

哥哥一愣：“你瞎说啥，长白山的老虎已经灭绝了。”

“不是我们这儿，是黑龙江，他们那里出现虎了！”

“真的？具体在哪儿你知道吗？”

“你成天也不听不看新闻，都报道了，是在完达山。我在地图上查了，那儿还通火车哪，有一趟火车从哈尔滨发车，一直坐到终点，一个叫‘东方红’的地方。那里就是完达山。”

哥哥想了想，犹豫道：“现在打虎可是犯法的呀。”

弟弟胆子比哥哥大：“哥，如果在本地，很难不露出蛛丝马迹，容易出事。可这是去外地，那里的人也不认识咱们。我们偷偷上山把老虎弄到手，悄悄藏起来，等联系上黑市，把死虎一出手，咱们哥儿俩可就能美美地过上几年好日子啦。”

哥哥动心了。

旅店探信

没用上几天，弟弟果然偷偷把猎枪搞来了。

哥儿俩收拾好后，对家里和外人说，到黑龙江去看看煤炭生意好不好做。他们先到了哈尔滨，在这里坐上了去东方红的火车。

这是一趟慢车。不紧不慢地“晃荡”了一天，第二天傍晚，他们来到了群山中的一个小镇。

下了火车，在车站附近，他们找了一家小旅店，住了下来。

哥儿俩出去简单吃了个晚饭，就回来凑到柜台前，跟旅店的老板聊起来。

这里是祖国的最东端，临近中俄边境，气候又特别寒冷，冬天里平时白天都是零下二三十度。很少有外人到这么偏远的地方来。

今晚这小店里也就这哥儿俩两位客人。女老板见他们吃完饭回来了，便饶有兴致地跟他们搭话。

“第一次到我们这里来吧？”老板娘问。

“是啊，是啊。”哥哥连连答应。

“你们是来做木材生意的？”老板娘猜问道。

“是的，你们这里离最近的林场有多远？”弟弟问。

“近的也有二十几里地，远的一百五六十里，都快到饶河县了。”老板娘试探地问，“你们是到哪个林场？”

哥哥刚要开口，弟弟连忙抢了过去：“大姐，我们对这里也不熟悉，你就帮我们介绍介绍吧，等

五好旅店

我们做成了生意，少不了好好感谢你。”

老板娘一听乐了：“熟人倒是不少，就是不知道能不能做成，阿布沁林场的场长还是我家外甥，还有大牙克林场的场长，我也认识……”

旁边的哥哥处事老到，忙说：“大姐，你等一会儿，柜台有笔吧，给我拿张纸，我记一下。”

弟弟笑着：“大姐，我们说好，生意成了，肯定有你的份，我们可是讲义气的人。你放心。”

老板娘见这哥儿俩嘴甜，脸上顿时乐开了花，兴致勃勃介绍起情况：“我敢保你们哥儿俩这趟生意能成，你俩可是有福之人。今晚巧了，住在俺们店，俺把外甥介绍给你！说起俺这个外甥，那可是没说的，在这完达山一带啊……”

哥儿俩现在已经没心思听老板娘唠叨，接下来她都说些啥，两个人一个字都没听进去。等老板娘说累了，喘口气的当儿，弟弟赶紧插话问：“大姐，听说这山上有虎，我们到山里林场去，会不会碰到老虎呀？”

一说到老虎，老板娘眼睛亮了：“俺们完达山就是厉害，这几年总发现老虎。去年从饶河往我们镇开的大客车，在半路上还撞见虎哪。前些天独木河那儿，就有一只狗被下山的老虎咬死了！”

“那只老虎呢？怎么不打它？”弟弟问。

“谁敢打虎啊，那可是犯法的。虎回山上了呗。”老板娘说。

“老虎早跑没影子了吧？”哥哥赶紧追问。

“这老虎好像还没走，前两天还听说有人在山路上发现虎的足迹。”老板娘说。

“那去山里林场的人，遇到老虎可咋办？那不就喂了老虎——”弟弟特意表现出害怕的样子。

“喂啥老虎？”老板娘说，“虎轻易不会伤人的，它躲着人。你们不是去阿布沁找我外甥吗，他们那里还没发现虎呢。”

“嗯，嗯——”哥儿俩嘴上答应着，点着头，心里却在合计着另外一件事。

雪地寻踪

第二天，哥儿俩离开旅店，跟热情的老板娘告别，说是去阿布沁林场找老板娘那个场长外甥。

在长途汽车站，哥儿俩打听清楚了，去独木河林场没有直通客车，坐通往饶河县的客车，在独木河村下车，再走十几里山路就到了。哥儿俩买好了票，坐上了去饶河县的大客车。

有些破旧的客车在雪路上颠簸了两个多小时。接近中午，车在一个山路口边停下。司机告诉他们，从旁边这条山路往前一直走下去，就是独木河林场。

哥儿俩下了车，站在路边喘了口气。望着大客车跑远，附近没有人了，就直接钻进了山。

找老虎要紧呀！

完达山的野生动物还真不少。林子里厚厚的雪地上，动物走过留下的足迹清晰地印在无边无际的大白纸一样的雪地上。

“哥，快看，这里有狍子的足印——”

“嗬，这还是好几头狍子哪！”

老虎处于森林食物链的顶端，野生动物多，证明老虎出没的可能性就大。这个道理哥儿俩自然明白。

这是一片橡树林。又走了一会儿，林子里雪地上的雪好像被谁耕过一样，翻得乱七八糟的。雪上到处是零乱的蹄印。

“哥，你看，是一群野猪在橡树下找橡子吃哪！野猪一多，老虎准在这一带晃悠！”

哥儿俩兴致大增。坐在雪地上吃了点东西，就又继续寻找起来。

完达山山脉位于我国黑龙江省东部，长白山山脉最北端。这里见到太阳早，天亮得早，天黑也早。特别是冬天，下午两点多钟，苍白的太阳就已经在西边的林梢下徘徊，再过一个多小时，天就会完全黑下来了。

哥儿俩有点着急了，他们还没发现老虎的踪迹。

惊魂时刻

"哥，快来看——"弟弟压低声音招呼道。离他有一百多米的地方，正在四下里低头寻找的哥哥没有听见，继续沿着雪地往前走。

弟弟蹚着雪，跑到哥哥跟前，一把拽住哥哥："你快过来看，找到啦——"

"真的？"哥哥惊喜地叫道。

哥哥跟着弟弟走过来一看，果然，雪地上有一行梅花状的足迹。很在行的哥儿俩蹲下来，用手摸摸足迹上的雪，松松的、软软的，还没有冻实。

"是刚留下不久的，挺新鲜，这家伙一定就在附近——"

"嗯，它肯定没有走远，我们做好准备。"

林子里苍白的视线下，哥儿俩相互一笑：真的找到虎啦！

子弹上膛，猎枪端在手里，盯着虎的足迹，兄弟俩小心地搜索着前进。天色渐暗，好在天上有一轮月亮，借着月光和雪的反光，他们依旧可以看到雪地上虎留下的足迹。

翻过一道山，穿过一片平坦的山谷，再次爬上一座山坡时，这儿正巧有一处高大、挡风的石砬子。兄弟俩看出这是露宿的最佳地点，就决定在这里过夜。

他们找来一些枯树枝，堆在石砬子旁，点燃了篝火。这样既可以取暖，又能防止野兽偷袭。

好不容易挨过了一夜。

天蒙蒙亮，篝火堆上火势微弱，需要添加一些柴火。哥哥站起来，伸展了一下快冻僵的双腿，走到旁边林子里去找干树枝。弟弟仍卧在篝火边，伸出僵硬的双手，烤着火。

突然，弟弟感觉到头皮发炸。林子里狂风骤起，只听一声惊天动地的怒吼，接下来是一声惨叫。

“不好，虎来啦！”弟弟凭直觉知道是哥哥遇到虎了。他一把拽过枪，朝哥哥叫的方向跑去。

原来这只老虎早就知道兄弟俩在跟踪它。晚上的篝火使它不敢靠近，它一直在附近窥视着。刚才见哥哥走进林子，它便猛扑过去。

哥哥空着手去捡树枝，老虎突然扑来，他本能地用手去遮挡自己的脑袋。扑过来的老虎一掌把他的胳膊打折，随后把他扑倒。

这时弟弟已经赶到，他见老虎正扑在哥哥身上，便几步蹿上去，直接把枪口对准了老虎腋下的心脏处，双筒猎枪连续两颗子弹打了进去。

老虎发出一声震天的哀鸣，从哥哥身上滚下来，在雪地里挣扎了一会儿，便再也不动了。

露出马脚

弟弟赶紧上前查看哥哥的情况。

哥哥浑身是血，胳膊折了，脸上、身上多处被抓伤、咬伤。

“弟，我不行了，你快把老虎收拾完，走吧……”哥哥躺在雪地上，呻吟着。

“哥，你受的只是外伤。没事的，你忍着，我现在背你下山，找到医院就好了。”

“我们走了，那虎咋办？”哥哥到了这时候，还在惦记着虎。

“快走吧，哥，你在流血，别耽误了——”

弟弟说着背起了哥哥，边走边安慰哥哥：“哥呀，命比钱要紧。再说了，你没看这地方，多偏僻，冰天雪地，除了咱们，谁还会跑山上来？虎反正死了，它也跑不了，放这儿没事，等到山下你治好伤，我们就来把虎弄回去。”

“好吧，好吧。”哥哥疼得咬紧牙关，一边哼哼着，一边还在嘱咐弟弟，“把我送到山下医院，你就回来，先把虎收拾好，给我留点钱，我自己在医院。等我好了，就回老家。”

弟弟觉得哥哥说的有道理，好不容易打到了虎，还付出这样的代价，放在山上要让别人捡了去，那可……

“好吧，哥，我听你的。”

从山里走出来，上了公路，弟弟拦了一辆拉木头的车，正巧是到附近独木河林场的。林场只有一个小医务所，那个医生简单检查了一下哥哥的伤势，说是伤得太重，得赶紧送镇上林业局的医院。

救人要紧，林场忙派车，把他们送到林业局医院。别人询问情况，弟弟只说是来做木材生意，走迷了路，被黑熊咬了。

野生动物把人咬了，这件事自然惊动了森林保护部门和森林警察。

他们来医院了解情况。虽然有经验的弟弟把事情编得很像那么回事，但经常处理野生动物伤人事件的林区外科医生、森林野生动植物保护科的同志和警察，都看出了这事有蹊跷。从伤势上看，这不是黑熊所为，是更大、更凶猛的动物——大家立刻想到了虎。

他们开始怀疑这两个外地人极有可能是来偷猎老虎的。

第二天早晨，弟弟以出去吃早饭为由，离开了医院。见后面无人尾随，便直奔长途汽车站。

虎须　虎须

弟弟哪里知道，早有警察开车在后面跟踪监视他了。等长途客车又到了独木河林场附近，弟弟从客车上下来，便钻进山里，直奔打死老虎的地方去了。

两名警察随后悄悄追了上去。

弟弟很快就找到了死老虎。还没等他掏出家伙收拾老虎，突然从树后跳出来两名警察。很快，一名警察押着弟弟下了山，另一名警察留在山上看虎。

到了中午，留在山上看虎的警察见左等右等，也没有人来替换他，实在饿得受不了，就下山到附近的林场。他找了两名林场工人，告诉了他们地点，让他们先去看着老虎，自己吃完饭就去替换。

那两个林场工人找到老虎后，见守着也没啥事，就围着死老虎打量来，打量去。

一个工人瞅着像大针一样的虎须，惊讶地叫起来：“哥们儿，我听老辈的人讲，把虎须别在头上，能看出人上辈子是什么动物。”

“那都是迷信，这你也信！人怎么会是牲畜变的。不过，这虎须，剔牙可好了。”另一个说。

瞅着那长长的、像白玉一样的虎须，两个人动心了，开始用手拔，一人拔了两根。等警察吃完饭返回山上，也没注意到老虎嘴边少了几根虎须。

等把死虎运下山，来了专家验收，人们才看出这虎须被人拔了。

最后的结果是，打虎的两兄弟都被判了刑。拔虎须的两名林场工人，交出了私藏的虎须，受到了处分和批评。

在古代，狩猎老虎被封建贵族视为一项娱乐活动，导致了老虎种群数量的下降。据南怀仁所著《鞑靼旅行记》载：一六七四年，康熙皇帝春季东巡吉林，出山海关后，即开始频繁地围猎，不足两个月，即猎虎六十余只。到了近代，据《珲春史志》记载：仅一九〇八年，就有十张虎皮、十张豹皮上市交易。另据马逸清《近百年东北虎分布区的变迁》记载：二十世纪初的三十年间，有1300至1500只东北虎被猎杀。

新中国成立后，国家加大了以东北虎为代表的珍稀野生动物的保护力度，但在巨大利益的驱动下，猖獗的偷猎行为仍时有发生。

由于对虎制品缺乏科学认知，特别是对虎骨药效存在迷信、夸大的宣传，使得黑市上的虎制品交易屡禁不止。正是人们对虎制品需求的旺盛，使得盗猎者为获取巨额的利益，铤而走险，这是造成老虎种群急剧下降的一个重要原因。